石牟礼道子　詩文コレクション1

猫

石牟礼道子

藤原書店

〈石牟礼道子 詩文コレクション〉 1 猫

――目次

I　一期一会の猫

II　猫のいる風景

題字　石牟礼道子
装画　よしだみどり
装丁　作間順子

猫

石牟礼道子 詩文コレクション

第1巻

美食を言いたてるものではないと思う。
考えてみると、人間ほどの悪食はいない。
食生活にかぎらず、文化というものは、
野蛮さの仮面にすぎないことも多くある。
だからわたしは宮沢賢治の、
「一日ニ玄米四合ト味噌ト少シノ野菜ヲ食べ」
というのを理想としたい。
もっとも玄米は一合半にして、野菜と海藻と
チリメンジャコを少し加える。
食べることには憂愁が伴う。
猫が青草を嚙んで、もどすときのように。

石牟礼道子

I 一期一会の猫

都会の猫とひかり凪《なぎ》

心に灼《や》きついている東京の未明の景色がひとつある。丸の内ビルの一角で水俣の患者さんらと、路上の脇にじかに寝ていた時期があった。

真冬で、雪のあとの路面が凍りつつあるなと思われる未明だった。さすがの大都市も車の往来がしばらく途絶《とだ》えている。二十世紀末の哲学の冬、などと思うのであったが、骨も凍る感じで、古毛布をくるみつけてもしんからは寝つけない。

するうち、トタン板でもひっかく様な、きりきりというような小さな軋《きし》り音が、枕辺近くの地面から伝わってくる。ひとつはそれで浅い睡《ねむ》りを醒《さ》まされたらしい。頭をもたげて、明けやらぬ薄明《はくめい》の地面を見やっていたら、小さく二つ光るものが見え、黒い野良猫だということがわかった。

庶民の居宅など一軒も見当らず、夜は無人になるビル街に、猫がいるのは意外だった。痩せ細ったその猫は、今しも凍《い》てついた路上の片隅で排泄を終えたらしく、周囲を窺《うかが》いながら、しきりにそれを、地面に掻《か》き寄せようとしているのだった。

毛布から首を出し、目を凝《こ》らして、気を使いながら見ていると、ひとつまみの土とてないものだから、片手を、火傷《やけど》でもした時のように振り払っては、わたしの方を気にしているのである。胸ふさがれて見ぬふりをしていたが、野性の尊厳を損傷されてしまった気の毒な姿だった。

ビルの林立する無人の大都市の未明というものは、現代というものがすっぽり抱きとられている、巨大な墓場、という気がそくそくとする。

田舎とはまたちがう、都市のはざまの怨念や瘴気《しょうき》が立ちゆらぎ、這い迷っていて、凍てついた暗がりの谷間に動いているものと言えば、情況に放棄されてさまよいこんで来た自分らだけかと思っていた。そういうところに猫がいようとは思ってもみなかった。

いったい何を食べて生きているのだろうか。東京の野良猫の食生活を調べるのに、死猫の胃をひらいてみたら、ゴキブリだけが入っていたという話を思い出した。

大事に飼われている家猫にしろ野良にしろ、猫というのはまことにデリケートな生きもので、ことにも排泄の時、人に見られぬように気を使う。草藪《くさやぶ》や物蔭を掘るにさえ四囲《しい》を窺い、うっかり気付かずに見ようものなら、なんともいえぬ羞《はじ》らいを全身に浮かべてまなざしを伏せ、それでも丁寧に土を掻き寄せて、被《かぶ》せておくものである。見ないふりをするのが人間のわきまえというものである。

コンクリートの舗道の上から、ふさがれた大地に向かって、黒い猫はけんめいに土を掘ろうとしていた。一と掻きの泥とてもないから、幾度も幾度も片手をあげてはカリカリ、カリカリと軋り音をさせてひっかく。泥がないかわりに自分の汚物がついてしまうので、さらにその手を、いや前脚というべきか、火傷《やけど》でもしたように、片足立ちして、ひりひりと振り払う。凍った舗装路の上で、焼けた鉄板の上をひとり踊りするような格好であった。

ビルの谷間に棲《す》みついて何代目なのだろうか。草一本ない大路面の凍ってゆく気配の中で、かぼそい爪の音がカリカリと響き、都市の未明の妖気《ようき》の中から吐き出されて来たような、孤独な姿だった。ものがなしいその仕草は、土があって、草の蔭があった頃の記憶に従っているのだろうけれども、さぞかし気持ちわるかろう。

野性というか、生きものたちの感覚は、集中して大地に根ざしているものなのである。それを閉ざしてしまった路面が、現代人のゆく手のすべてに続いている。

この時ほど、猫とともに大地恋しい想いをしたことはなかった。いまいっせいに緑恋しい日本人たち。

いずこともしれず猫が去ったあと、わたしはふたたび冷え切った固い地面に耳をつけた。なにか遠い、深い音が、地面の底で湧いている。それはこの国の骨格が軋《きし》み、くずれつつある音のようにも聞える。

いやいやそうではない。生き埋めになって久しい大地の底に、遠い昔の武蔵野の春の川が、流れはじめている。そう思い聞かせているうちに、故郷に芽吹きはじめたであろう早春の野面《のづら》が、まなうらに浮かび出て、わたしは、まぼろしのような陽光につつまれた。

つかの間の仮寝だったが、そのときの夢はえもいわれずうつくしく、次のような情景から始まった。

さくらさくら
わが　不知火《しらぬひ》は
ひかり　凪《なぎ》

三毛猫あわれ——出郷《しゅっきょう》と断念

　雑木林の中の小径《こみち》は、木洩《こも》れ日のせいで、やわらかい光のトンネルになっていた。誰もその中を通っていなかった。わたしはしばらくそこに佇《たたず》んだ。神々《こうごう》しいほどの道である。両側から枝をさし交わしている細い白樫《しらかし》や、椿や姫沙羅《ひめさら》の発光しているような幹の色。そのような木々の根元に寄りそいながら、冬イチゴの広い葉や灌木《かんぼく》類が絡みあい、和められた光が反射しあって、冬枯れ色の草の道がぼうと浮かんでいた。

（通ってよいのだろうか、こんな神々しい道を）

林は枯れ葉のみじろぐ音や、羽虫たちの行き交う音、遠く近くで啼《な》く小鳥たちの声にひろびろと満たされていた。ふとわたしは、心の奥にひっかかる親しい声を後ろに聴いたような気がして、再び立ち止まった。愛らしい声がたしかに、後ろの方から追ってくる。

まさか。もうあの一軒家を辞してから五、六百メートルは来てしまったのだ。振り向いて仰天した。さっき膝の上に来ていた白っぽい三毛猫の子である。走って逃げるべきかととっさに考えたが、足は引き返す方に踏み出してしまった。まだねむたそうな目つきの、耳だけはぴんと立てたのが、頭をふりあげふりあげ、かすれたような声で、

「ぎゃおー、ぎゃおー」

というように鳴いてくるではないか。それは胸にこたえる声だった。草にひっかかり、ひっかかりしながら走って来て、こちらがかがみこんで手をのばすと、三尺ばか

り前のところでよたよた止まり、咽喉《のど》を仰向けながら、ひどいしゃがれた声でまた鳴いて、大きな欠伸《あくび》をした。唇はピンク色だが、鼻の下には黒いチョビ髭《ひげ》のような斑点が少しあった。

追っかけて来ているのを知らなかった。それにしても、婆《ばば》さまの家を出てからだいぶん経って、誰にも逢わぬ山の道である。

拾い取って掌に乗せた。びくびくふるえている。しげしげ顔をみながら、しんじつ困った気持になった。後戻りして返してくるより仕方がない。二年生くらいの女の子がいた。頼んで抱いていてもらおう。それから走って、この光の小径を抜け出そう。

胸に抱いて歩き出すと、婆さまのさっきの言葉が唄うように耳許《みみもと》に聞えた。

「こういう山ん中でございますけん、猫ん子でもなあ、人恋しさにいたしますとですもんなあ」

涙が出そうになった。お前は何の生れ替りなの。人恋し人恋しと口に言えなくて、こういう山の中で、何代も何代も死に替り生き替りして来たものの化身なのか、いじらしさよ。ふわふわ玉のような小さな躰《からだ》の中に血が通って、ふるえている温《ぬく》い三毛猫の子ども。

こんな愛らしい者や年老いた者たちの、後ろに追ってくる声を置いて、かつてこの山の中を走って抜け出た娘たち若者たちが、どれほどいたことか。海辺に出るにも町に出るにも、五里六里とこんな杣《そま》の道を、お月さまや星の明りを道づれに、茨のとげでひっかき傷だらけになって、わらじを踏み替え踏み替え、どのような思いで越えたことだろう。

残らなければならなかった人びとは、帰って来ないものたちを待ち続け、一代でも帰って来ず二代、三代と待って、互いの距離がはなれるほどに、想いだけが鳥になったり蟹《がね》になったり、彼岸《ひがん》花になったりしているのではあるまいか。

突然わたしは思い当った。たとえば相聞《そうもん》という歌の形を。男と女という以前に人もその他の生命も、一人では衰弱して死んでしまう存在なもので、呼び合わずにはいられない。それが風土というものの詩韻をつくり出す。だからあの婆さまは、「猫の子でも、人さまを恋しさにして」と言ったのだ。

「どうしよう、三毛ちゃん」

さっき囲炉裡《いろり》のそばで婆さまと話しこんでいたとき、膝の上に来ていたのだった。婆さまは、火箸《ひばし》で燠火《おきび》の底に埋めた唐藷《からいも》をかき出していたが、焼けぐあいを刺してみて、「焼けましたごたる。こういう物どもは、食べなはりませんど？」

とたずねた。

「いえいえ、喜んで」

両手を重ねてさし出しながら、わたしは思わず膝を立てた。ねむっていた小猫が、ころっと落ちかけて膝にしがみついた。婆さまは藷《いも》の熱灰《ねつかい》を吹き吹き、小猫を見やりながら詫《わ》びるように言った。

「こういう山ん中でございますけん、人さま恋しさにしてなりませんとですもん。猫ん子でもなあ」

それは優しい、唄うような声だった。

「このよな山ん中まで、わざわざ来てもろて、申し訳なさよ」

婆さまは小さな声でくり返しながら、中屈《なかかが》みの膝を浮かせては立ってみたりして、落ちつかなかった。

「ああ、お客人にさし出すもんが、なあんもなかよ」

わたしはなんとせつないことを聞くものよと思っていた。旅の途中のとびこみで、もてなされるなど思いもよらぬ身である。死んだ父や祖父母たちが使っていた、古雅《こが》な天草言葉《あまくさ》の、奥深い詩韻に招き寄せられての旅だった。その天草言葉はなんと、万葉などに結実した歌言葉の日常を遺《のこ》していたことだろう。

II

猫のいる風景

あばら家と野良猫たち

生物の次元での自分は、ひとには見せない穴ぐらを持っていて、ひたひた、ひたひた、舌だか咽喉《のど》だかを鳴らして、飲みかつ食べて生きています。月のほそい二十三夜さまの夜の猫のように、全身であたりの闇をうかがいながら、草蔭の地面を、片手で掻《か》いている、あれは自分ではないかと思えたりします。

そうでなければ人間という怪異なものに化けおおせているか、何代か前のオヤの代

に化けてしまって、元の姿に戻ることを、いや戻るすべを打ち忘れてしまったもの
たちのひとりかもしれません。そのような生態を持っている個人の集合によって、辺境の集落も都市生活も、民族性などという形や色を持ってまいります。

社会的存在になった人間の五官とは、植物を含めて虫とか魚とか動物とか、それらの総体としての生物を、どのくらい象徴しているのでしょうか。たとえばわたしのあしのうらは、根づこうとする木のように、水の中で模索する藻《も》のように、発酵してやまぬ地上の出来事や、満ちてくる水の気配を探っています。髪の一筋一筋は、闇の中から生まれる光を触知するためにそよぎ、躰《からだ》じゅうの毛穴は、這《は》う虫のように地の塵《ちり》を払い、内に蓄えてやまぬ毒を吐くために呼吸しています。

ヒトというものになってしまう前に、他の生物になれるやもしれなかった可能性の痕跡《こんせき》が、わたしたちの持っている五官かもしれず、この世は、その秘められっぱなしの可能性に対して、変幻の自在を促す世界として開かれていた、いや、開かれていた

筈《はず》でした。ながい間閉ざされていた記憶が甦《よみがえ》り、棲《す》みにくい、栖《す》みにくい、住みにくいと、わたしの中のかのものたちがいうのです。いったいどのような生命の形になりたかったのか、選択に迷うほどの変幻性を持って、せめぎあっているものたちの、惑《わく》乱《らん》し始める感覚を抜きにしては、世に住む、ということをまず考えられません。

わたしのまわりの、ある種の庶民たち、天草とか鹿児島の離島とか、この頃知った、沖縄や与那国《よなぐに》の人びとなども、ほぼ同様の生態をしていることに気づきます。都市にゆけばなおさらに、人びとは、定められた擬態《ぎたい》の中にパックされているではありませんか。同類の虫のような触覚で、わたしはそれを知るのです。近代市民社会でいうところの自我や、個性などという気の利いたものではありません。風の乾きぐあいでこちこちにちぢこまったり、餅が伸びて坐りこんだようにぐんなりしていたりする、定型を持たぬ生態のもので、棲息《せいそく》場所によっては、カメレオンの如く保護色をまとう原始的な、わたしは虫だなあと思いながら、まわりの同類たちを眺めやらずにはおれません。
ものごころついてこの方、自分をはじめ、そういうものたちの気配を聞いていたり、嘆いていたりして今に至り、そのことへのとらわれがあって、ほら穴のごときを出たりはいったりしているので、ちゃんとした家というものを構えて住む、というには至らぬ自分にもまた気づくのです。

そうは言っても、定めなき漂浪《さすらい》の生活をしているわけでもなくて、見かけだけは一箇所への定住度を保っているにちがいありません。地方に腰を下ろし、土俗的なテーマを抱えて仕事をしている、と思われているのですから。

われながら奇妙ですけれども、はためには狭い辺土《へんど》にあって、人の捨てた揚《あが》りの小屋で雨露をしのぎながら、おまじないめいた言葉をつむぐようなことになっているのは、どうしたわけあってのことでしょう。それを考えるに、わがあばら家に、常に寄りついてくる十四内外の野良猫たちがいるのです。

　屋根は波うち壁はゆがみ、縁の下に当たるべき各所に、穴の開いた家とては一軒しかないので、野良猫たちにとって、中の人間の様子をうかがうのは親近感があるのでしょう。べつに野良猫を歓待するしかけを作っているつもりはないのですが、よっぽど寄りつきやすいと見えて、一組が去ると他の一組が、仲間を連れてやって来るというあんばいです。猫たちは季節を問わず妊娠していて、いちいち管理する暇もありませんが、黒だかぶちだか、黄色だかのお腹がいつも横に張っていて、おや、と思うのは、母親になるには早すぎるような、稚《おさ》な顔の猫の産んだ赤子たちを見る時です。

　お産の前後から年かさの小母《おば》さん猫たちが、しきりに妊婦猫のうしろを、気づかわしそうについてまわっているのです。いよいよ生まれると稚ない母は、四、五日か一週間くらい落ち着かぬ様子で、まだ目も開かぬ赤子を銜《くわ》え出し、あちらこちらと移動するのですけれども、この時、わが家にたむろする小母さん猫たちがその本領を発揮して、祖母猫かなにかのように、咽喉をごろごろにゃあとやわらかく言わせながら、稚ない母猫から、赤子たちを銜《くわ》え取って世話をやき、親子の居場所をみつけてやるのです。なかには出ない乳房を吸わせてやって、養い親になりたがるのも出て来ます。よちよちしたのが出て来て、ごはん皿にかぶりつく頃も、後につき添って介添えをいたします。こういう姿を長年見ていると、住みつき場所の偶然といい、永遠の日常ともいえる、子育て雑事のあれこれといい、わたしの雑居家族の生態そのままです。

ここにあるのは社会的存在以前の、生物たちの姿だと思えます。とはいえ、わたしの家族はまぎれもない人間ですが、育った土地を離れられないのは、猫の小母さんたちに近い母系の大家族で、弟たちが職を失って家を離れたことと、母を抱えて移動できる才覚と経済力が、わたしにないからです。

祖父母の周辺の者たちや直系でない家族、いとこやはとこたちや、押しかけ息子やを、ちょうど猫たちが寄りあって暮らすように、ずうっと抱えていましたから、天草《あまくさ》沿岸の海辺のアコウの木みたいに、岩石やら貝の類やら、ほかの木やら、素性《すじょう》のしれぬ神々たちの祠《ほこら》まで抱き込んで、無秩序きわまるというか、自らがんじがらめにしているような根の張りかたです。わたし一代でそうなったわけではなくて、家風というか、大ざっぱなくせに、情だけ濃いような者たちばかり、寄ってたかってそういうふうになったのでしょう。大鉈《なた》を振るってこれを断ち切るとすれば、どんなに大事業であることとか。過疎化してゆく辺境で、先祖の墓を守りつづけている老婆たちの心境です。死んでゆくものたちを具体的に看とり、おおむねいずれの死も並より悲惨でしたので、わたしの中には、〈家〉を脱出できずに死んだものたちの、遂《と》げられなかった非《ひ》業《ごう》の思いの、すべてが引き継がれてしまったのでしょうか。

ひそかな願いを言えば、世間さまの邪魔にならぬような、うらうらと陽《ひ》いさまの照る原っぱが、どこかにないものか、愛らしいけものたちがすり寄って来るような、小さな者たちのぬくもりに囲まれて死ねないか、とでもいうようなことなのでしょうか。

墓は、終《つい》の栖《す》み家《か》は、わたしになったらもういりません。

わたしの家系とても、こうも暮らしたい、ああも暮らしたいと願い、定住してみたり移動してみたりしたにちがいなく、しかものぞみ通りには、生きてゆけなかったろうことはほぼ確実です。現在只今の暮らしを考えてみれば、墓守りのがんばりで、ここにいるのではさらさらなく、崩壊してしまった一族の、なだれの裾《すそ》野の散乱のようなありようが、たまたま静まっている見かけにすぎません。

子供たちをあっちにくわえて行ったり、こっちに置いたりしている猫の小母さんたちのように、なにかしら心にかかることがあって、いやいや、もののはずみで、ひとの子まで出ぬ乳で育ててしまったということを、父も母も大叔母たちも、わたしも妹もやってしまう。けっして甲斐《かい》性《しょう》があるわけでない証拠に、祖父の代から雨漏りが三十箇所くらい、常に移動している小屋住まいです。

この家に寄りついて、育って往ったものたちのゆくすえを考えると、世俗的な欲望も結構持って、安住の場所を求め、けなげにやっているみたいですが、おおむねそのたたずまいは慎《つつ》ましく、並はずれた出世頭はひとりもおらず、時代の波にもまれる庶民の生の、種々相《しゅじゅそう》があるばかりです。

＊＊＊

わが家のような、外の風には合わないほら穴人間たちにも、外側にいる、ある種の人たちにとって這入《はい》りやすい、ということもありうるのです。そのような、男女を問わぬ意表外の組み合わせがあって、成り立っている世界もあり、思わぬところに景色が展《ひら》けて、手足を伸ばし、大口をあいて欠伸《あくび》のできる世界がありました。

外側へ出てゆく思想と、内側へ内側へとひっこむ思想と、いやいや、思想などというより、わたしたちは生物としてそのような生態を持っています。自分を点検してみれば、内側へも外側へも、そのとき置かれている条件しだいで、ゆくこと常に可能とは思うものの、猿や猫や赤子にすでに見られるように、ご先祖さまからゆずられた、生まれついての性癖のようなものがあるのでしょう。

一代や二代ではなくて、何世紀もかかるようなゆるやかな生育の条件、家系とか血とか、歴史の動態の中を、いかようにくぐって来たかということがあって、非常に劇的な要因があったかもしれず、陰謀を企んで破れたとか、殺したり殺されたとかもたぶん累《かさ》なって、突如、共同体の外へむかって流れ出るなど、したにちがいありません。その揚句《あげく》、臆病な虫のように、この世の風を嫌がって、ちいさな洞穴の、奥の方へ奥の方へとひっこむことにもなって、それでまた、何代も経つうちには退屈して来て、外の世界への好奇心がこうじ、想像力の権化《ごんげ》となって羽根を生やして飛んで出るとか。どこに居ようとも、いわば血の中の劇を背負いこんで住んでいるのです。

人間の位相に自分をとり出して眺めれば、そのような世界から生まれて来た生命であるので、お酒の上澄《うわず》みが液体の炎となって渦巻いているように、ひとりの人間は、なにか炎のようなものを吐きながら、生きてもいるのです。永い歴史をかけて沈殿しているいのちが発酵し、姿をとりたがっていて、それが生きるというか、具体的には、住むということの表現だろうと思います。

祖母《おもかさま》の笑《え》み、捨て猫の睡《ねむ》り

いかがお過ごしでいらっしゃいますか。八王子《はちおうじ》界隈《かいわい》の波うつ青葉やいかにと思うにつけ、はるかな歳月となりました。

こちらはもう炎暑でございます。夏になりますと、ご著書の中のしんとした「朱夏《しゅか》」を空の奥にみてすごすようになりました。ただもう、ぼうぼうとしているだけのような、徒《あだ》な月日だったのかもしれません。

考えてみればこの気持は、目の見えない祖母の手を引いていたごく幼い頃からのものですけれど、ほんとうにいまようようあの頃の祖母が、来し方のわたしというものを脱皮させ、後ろ影も黍殻《きびがら》めいて、座るところを得たのかもしれません。

今日も竹林の枝がいっせいにふうわりと風に浮くのをみて、心に深く呼ぶものを感じながら立ち止まって仰ぐと、空をおおう大榎《えのき》がすぐそばにありました。その下に、しばらく佇《たたず》みながら思ったことでございます。

こういう自分のまなこは、前《さき》の世から来たまなこではないか。それに前の世の者たちが眺めていた景色がいま、わたしに呼びかけたのではあるまいか。それは深遠な夕ぐれでした。亡くなったものたちの、何も彼《か》も断念した、思い定めたような面差《おもざ》しと姿が浮んでまいります。

「手形《てがた》の木」というういい方がわたしの地方にございます。亡くなってゆく人の足跡は残らないけれど、手の形見は残るのだと。

「家が栄えるように、曾祖父《ひいじい》さんが植えてくれた樫《かし》だそうですが、こんな大木になりました。手形の木ですもんねえ」

そんな風に話します。

わたしの後の者たちも何かから呼びかけられるにちがいないのですが、はたしてこの竹林や大榎のたぐいは残るのでしょうか。

後にくる者たちに残すよすがの物を、わたしたちは持たなくなってしまいました。なんという世の中の変わりようでしょう。言葉というものさえ、はたして伝わるものかどうか、おぼつかないかぎりに思えます。

あんな木の葉の一枚のように落ちてゆくのがいいなあと、漂う木の葉に見とれておりました。そしてそのとき、ずっと前、インドのお土産にたまわりましたテープの不可思議な音色《ねいろ》が心の耳に蘇《よみがえ》りました。いったいあれはなんの音色なのでしょうか。

遠い大地の魂が、名もないどこかの湖に宿って鈴のようなものになり、未明の頃にだけ鳴りはじめる。澄んだあの音色を、わたしはまた竹林の夕ぐれに聴きました。

ああいう音色を聴きますと、白というべきを紅と言ってしまうわたしでも、人間のすることは神や仏に近づくこともあるのだと思ってしまいます。いったいあの音色はどういう時になんという楽器で、奏《かな》でられるものなのでしょうか。

ただいま寺のお世話になっているのですが、まわりに若い層がいないではありません。都会から来たのもおりますけれど、だいたい中卒止まりのぽっと出で、ベルトコンベアになってしまった世の中に出た途端《とたん》、居すくんでしまい、めくらめっぽうに一歩踏み出してはみたものの、やにわに撥《は》ね飛ばされて、生きていることがうまく自覚できないような少女だったりいたします。

生れてきて、何の良いこともなかったような事情をもつ少女が、わたしの有様をみて、昨夜などお腹をよじって笑いころげていました。思いもうけぬ恵みがやってくるものだと茫然といたしました。彼女の微笑によってわたしは今生きているのだと思ったことです。この世の苦難を引きうけたものの笑顔と、その声のうららかなこと。

反射的に遠い日のことを思い出しました。祖母の手を引いて、人家を離れた草道に、二人ながらかがんでおりました。

捨て猫がついて来たので掌《て》の上に乗せました。毛もまだぽやぽやの小さなのが啼《な》き疲れていたのでしょう、自分の口よりも大きな、長い長い欠伸《あくび》をするや、へにゃりと、掌の中に睡りこんでしまいました。見えないはずの祖母がそのとき、何かの気配のように笑ったのでございます。あのテープの音色のように。

狂人でして、この世のいちばん奥にいるようなその笑顔を幼いわたしは見上げ、安らいで、掌の上の小さな者を連れて帰りました。猫はそのあと、代々そばにおりましたが、あの世にもきっとついてくるでしょう。

長い間の感謝をこめてお礼まで申しあげます。

父と猫嶽《ねこだけ》

仕事先から帰ってくると、母がいつも大声で箒《ほうき》やぞうきんをふりまわし、わが家にころがりこんでいる生きものどもを相手に大奮闘している。

「こーの、猫どもが、まあこて、何べん拭いても泥足でばっかりあがって来て。この年寄りは、わが身いっちょさえ保《も》てんとにい。何べん拭かするか、もう。なーんの為にもならん者ばっかり寄って来て、大飯食《おおめしぐら》いどもが」

そう言いながら、畳をどん、どん、と箒の柄でたたく。猫どもやら鶏のチャボたちは、建具《たてぐ》もない仏間兼居間兼台所の畳の上を、ひょいひょいと身軽く踊って箒をよけ、チャボの方は埃《ほこり》をいっぱい含ませている羽根をはたきながら、天井の梁《はり》の上に行ってとまる。畳の上には点々と糞を落としている。

そのような大騒動を見て、あずかり犬のダックスフントまで畳の上にあがりこみ、はしゃぎまわるのである。梁《はり》には莚《むしろ》が積んであるのでよい隠れ家で、うまいぐあいに躰《からだ》を隠したチャボがちいさな首をコッコッとのぞかせるのでは、母の箒の柄も萎《な》えざるをえない。

「天井で卵産みよるかもしれん。糞だらけばい、あそこは」

と母は言う。

今年の夏があんまり暑かったので、こわれてしまった鶏舎《けいしゃ》をいやがって、蜜柑《みかん》の木の下や縁の下にいたが、そのうち人間どものいる畳の上で遊ぶのが好きになった。仏壇の前あたりに来て、香炉なんぞをつついてみたりする。ご飯も猫や犬たちの丼のを前後してすまし、餌箱《えさばこ》にはもう寄りつかない。夕方、戸を閉めぬうちに家に入り、天井で寝る。鶏舎を直せる者もいないし、いちいち餌をきざむのも面倒なので、とうとう全員同居のようになってしまった。飼おうと思って飼い出した生きものではなく、ずるずる這入《はい》り込んできたか、いただいたものたちである。彼らが最初畳にあがりこんだとき、

「あら、あがってきた」

と家族互いに目をぱちくりさせていた。そのうち十日ほどするとなんだか気がついて来て、追い出せ、外に出せと互いになすりあって、誰も追い出さないので、母の大たちまわりとなるわけである。こういううかつさは、家風のようなものだけれど、

「家の建直しもせんで、縁の下も戸のぐるりも穴だらけ」

だから、村中の生きものどもが這入り込んで来るのだという。それをわたしも知ら

ないわけではない。犬猫鶏だけでなく百足《むかで》やら長虫のたぐいも、そこここに巣をいとなんでいるらしい。

「うちのような家の、どこを見回したちゃ水俣に二軒とあるか。お前どもは養いきれんぞ、もう」

と母はため息をつく。

二十年くらい前、この村がまだ半農部落だった頃、台所改善というのが婦人会ではやって来た。そんな部落に気兼ねしいしい、村の残飯《ざんぱん》をもらって豚を養っていた私の家だけが、もちろんその台所改善に乗りおくれた。そして五年くらい前までに、わたしといっしょ頃に成長した世代たちは「儲《もう》けあがって、出世して」台所だけでなく、百姓づくりだった家をほとんど建て直してしまった。村は、赤屋根や青屋根できれいになった。

「お前ばっかり奇病しんけいになって、親に家も建てて呉《く》るる気もなか」

そう母はいう。

「よかがな。うちはしんけい殿《どん》の血統じゃもん。親の苦労した手型《てがた》の家といっしょに傾きおれば、ちょうど墓殿に入るときのくる」

とわたしはやりすごす。

もともとこの親の家は、水俣ではじめて明治中期に乳牛業をはじめた人の牛小屋だったのが、白蟻が食って役に立たなくなったのを落魄《らくはく》しつくした祖父がもらいうけて来た。それを父がわたしが小学三年のとき手作りで建てたのだった。小屋作りとはいえ、最初にまず井戸が掘られ、父が素人《しろうと》なりに水平秤《ばかり》をかまえたり土台打ちなどして、柱が立ってゆくのが子供心にじつにうれしかった。足りない材木は、出水時などに川流れの古材を部落の人々とともに拾いに行って、打ちつけ打ちつけ、出来上がったのだった。この家をつぐのはよそに出ている弟で、亡き父から、

「女は三界《さんがい》に家なしと思え」

とおさな心にきざみつけられて一旦他家に嫁したわたしの家は無いのだけれど、親

の貧苦の刻まれている家は立ちくされ、自分はここを出て野垂《た》れ死にしたい願望がわたしにはある。

寒がりのわたしは、炬燵《こたつ》の主である猫どもと、足の小指などで半ばはたわむれながら仕事をする。

いまのこの炬燵の下はもとはいろりで、昔は二人がかりで大きな木の根をどしんと抱えて来て、焚《た》いていた。猫どもは、いろりの燠《おき》のぐるりの、灰の上にねむりたがったから、朝の掃除の大へんさというものは、今の段ではなかった。

「畜生というもんのあわれさより上はなか。そのあわれを見れば、人間は浅ましか」父が、馬にも牛にも豚にも、猫にも山羊《やぎ》にも兎《うさぎ》にもトリ類にも、ひとかたならぬ煩《ぼん》悩《のう》をかけて養っていた。そのものたちの中には、いまわのとき、父を呼び呼び死ぬのもいて、わたしたち子どもも、生類《しょうるい》の一員として育てられたのだなと思う。

この家で命を終えたおびただしいそれらのものたちは、じつに味わい深い個性の主たちで、しかも結局は弱者たちにほかならなかった。父の言う畜生のあわれとは、言葉にあらわせないほどの情をそなえて生をうけた存在、死ぬ、という存在。もちろん、人間もその中に含まれていて、なまじ言葉をそなえている故、恥多くあわれ深い存在、というような意味に思われた。

もちろん父は宗教家なぞでなく、貧乏人の大酒呑みで、地獄相をあらわしているときが多かった。

猫たちの多くは自然死だったが、

「どこかで、猫いらずの入ったおダンゴども、御馳走《ごちそう》になって来て」

わが家に辿《たど》りついて死ぬのもいた。自然死のときも毒死のときも、切なげに嘔吐《おうと》しながら、畑のぐるりに葉先のしなだれている風草のようなものを、必ず食べにゆくが、介抱《かいほう》のかいなく鼻の先から青白くなって死んだ。「猫嶽《ねこだけ》に登りに行った」のもいる。世の無常を感じて人知れぬ深山に登り、大往生《だいおうじょう》をとげるのをそんな風にいう。優にやさしい猫になつかれるとわたしたちは心配した。

「ひょっとすれば、猫嶽に登るのかも」

案の定、二、三年してふっといなくなる日がやってくる。俗界にとり残された者たちは、だれも見たことのない幽邃《ゆうすい》な山をいろいろに想像した。晩年の父は小猫の頭を撫でながら、

「みいとふたりして、猫嶽にども登ろうかいねえ」

などと目を細めて言っていた。

去る年の暮れからふた冬ばかり、わたしは東京駅のそばの、チッソ本社前の路上にときどき寝ていた。ひとりではなかったのでさびしくはなかったが、寒かった。

都心といわれる丸の内界隈《かいわい》のビル街は、深夜になると人気の全く絶えてしまう一角が多く、巨大な墓地都市のようにみえた。その墓地の間を影のように徘徊《はいかい》する都市の

深夜の、犬猫たちの姿といったら、鬼気迫っていた。

猫というものは本性慎《つつ》ましく、便意をもよおせば草の蔭にかくれ、土を掘って済ましたらまたその土をていねいにかけて隠しておくものなのに、深夜の凍てついたアスファルトは掘れるわけはない。

何という都市のいとなみであることか。

野性の極限でもあるデリカシイさえすっかり奪われて、品性かなしい身のこなしとなって徘徊し、いまわのときに食べにゆく草の葉さえもない。乗物地獄の中では猫嶽に登ろうにも、途中で轢死《れきし》してしまうにちがいない。おもえばペットを飼うさえ殺人事件のもとになる世の仕組みである。

土を殺し海を殺し川を殺し、生存する条件を自分たちでなくし、わたしたちは自然人であることも知性人であることもできなくなった。えたいの知れぬ毒物をさまざまに作り出してはたがいに「御馳走《ごちそう》になって」いる。

猫家族とヒト家族

わが家の猫たちは、代々おおむね、ミイという名である。といえば一匹ずつ飼われている猫のようだけれど、常に五、六匹から、十二、三匹いる猫がみんな、ミイと呼ばれているのである。

もっとも、赤も白もブチもいっしょくたに、赤ミイとか、白ミイとか呼ぶようになったのは、家の住人たちが中年と老年ばかりになってしまった最近のことで、人間の子どもたちが育ち盛りの頃は、その子たちの好みで、チロとか、リリちゃんとか趣好《しゅこう》をこらしていたようだったが、リリちゃんと稚《おさ》な名をつけておいても、十二、三年後には、大あくびばかりしているデブデブのリリ親方になってしまったりした。

それら猫たちの銘々伝《めいめいでん》をいつか書きたく思うけれど、なにしろわたしがもの心つきはじめの二歳ごろからのミイたちのことを書くとすれば、この家では何百匹のミイのことになるやらわからない。

まず来客たちは大体において、わが家にたむろしている猫族たちにおどろかれる。飼い猫にしてはみんなどこかしらうす汚なく、その上態度がでかいからであろう。

「みんなお宅の猫たちですか」

これには少し返答に困る。厳密に飼おうと思って集めたとはいいがたく、まず家の住人にしてからが、私の両親を中心にした直系の子どもたちばかりではなくて、姪《めい》とか甥《おい》とかはと、こ、とかも迷いこんで家の子たちとして育ったように、猫たちもいず方《かた》からか寄って来て、猫家族の中に人間が同居しているぐあいなのである。

猫たちがうす汚ないのは、この部落の中でわが家だけが近代化におくれ、いまだに薪《まき》を燃やす五右衛門風呂《ごえもんぶろ》やら、土のへっついまで据《そな》わっていて、彼らは暖かみの残っているその灰の中に寝るのを好み、時には風呂釜の墨で墨まぶしになっていたりするからである。小さな孫たちがはだしで遊びまわって、そのまま畳にあがったりしなくなった今、母はもっぱらこの猫たちにむかって、

「こら！　またはだしであがった！　なんちゅう癖の悪い猫か！」

と箒《ほうき》を持って追いかけまわすのだけれど、子どもや孫たちさえ、よう躾《しつ》からなかったあんばいだから、猫たちが脚を拭いて上る筈《はず》もないのである。

飼っているというより、わが家を根拠地にして恋の相手などを探しに出かける風である。雀や山鳩をとってくるのもいて、家の男たちがこれを酒の肴《さかな》にいただいたりもする。新入りが子連れで来たり、しばらく家出しているかと思うと妊《はら》んで帰って来た

りする。十匹前後からあんまり増えないのは、この猫集団にも、さらにいくつもの小さな集団なり、個のようなものがあって、お互いあんまり増えると住みにくいのか、今まで居たのが新入りを嫌って出て行ってしまうとか、先住者が新入りを拒むとかで、最大許容限を十二、三匹にとどめているようなのがおもしろい。これはたぶん、猫たちを養う人間たちの、つまりはこの家の養い能力のようなものを彼らが感知してのことかも知れぬとおもうと、なんだか恐縮《きょうしゅく》なような気さえする。

それでなくともわが老いた母は、つねづねこの猫たちに、

「ネズミもろくろくとりきらんくせしとって、大めしばっかり食うて！　お前どもを養うばっかりに、世帯倒れする！」

そういいながら、猫丼に大めしを盛り入れているのだから。これだけの猫に居つかれると魚を料《こしら》えるときなど大へんで、まず頭やわたの所などを人間より先に猫たちに煮てやって、おなかをくちくさせておいてから料理にとりかかる。猫たちの食欲もそれ

ぞれちがうから、充分食べさせたと思っても、人間の分に手を出すのもいて、そういうときは呼び名のことで混乱する。

「こら赤！」

とか、

「あつ、白！　あ、ミイ！　クロ！」

とか言いそこなって、人間の子たちが育つ頃も、「みちこ！　妙子！　はじめ！　ひとみっ！」といるだけの子や孫の名を呼びあげて、誰を叱ったのかわからなかったのが、猫の呼び名に替っただけの賑わいである。

母やわたしに替ってこの頃魚を料るのは妹である。この妹が、

「きつねちゃんや」

と特別それこそ猫かわいがりの呼びかたをするのが、三年ほど前一度捨てにやられた猫で、半年ぶりに全身疥癬《かいせん》だらけになって帰ってきた。妹の留守中たまたま帰って

きたはとこの男の子に頼んで、母が捨てにやったのである。この疥癬をなおすのに妹は大へん苦労した。アロエの汁やらムトウハップにオキシフル、何が利《き》いたやらわからないけれど、ほかの猫にもうつるので家中大騒動だった。押さえつけ、いやがるのを寄ってたかって風呂の湯で洗ってやるのである。顔の細長い白い猫で、この猫が後脚で立って首をのばすと姿がよくなって、狐の好きなわたしは、ふっと創作上のあるおもいにとりつかれることがある。

わたしが水俣病のことを家の中に持ちこむようになってから、ただでさえ風波の漂っている猫の家が、さらに混乱をきわめるようになってもう久しい。ここらでは普通の貧農まがいの、村の代用教員のおとなしい嫁さんだったのが、はためには全く突然変異のように、ものを書きはじめるやら、人の出入りがにわかに多くなって、なにやら不穏なような〝運動〟とかをこしらえにかかるやらで、村にとっては、鬼子かなんかが育ったようなおどろきだったろう。

婚家にしてみれば、嫁というものは、その家のためになる労力としてのみ必要なのであるから、それをはみ出してしまった嫁というものは、どう扱ってよいのやら、世間さまに対して気を兼ねたにちがいなく、ましていちばん困惑したのは、当の嫁さんの夫だった。

わたしは平気の平左《へいざ》で楽々とそうなったのではなく、嫁入ってはじめの十五年は、つまり一人息子が高校を出るまでは、夫にふとんの上げ下げもやらせず、ワイシャツの衿《えり》のつけ替えや、ノリづけ、アイロンかけに励み、電気も水道もひけない代用教員の暮しのやりくりを上手にやっていた。あの頃の一日の労働量を考えれば、電化された今の家庭の主婦たちには想像もつかないことだろう。薪《まき》は川のほとりや山にとりにゆく。それで煮炊きをすれば鍋釜の底は真黒になるから、磨き砂なるもの（火山灰）をまた山にとりにゆく。流れ川に三度三度鍋釜の底を磨きにゆき、水は村の共同井戸から一日に大きなバケツに二十杯ぐらい、風呂を立てれば三十杯は汲《く》まねばならぬ。

その合間に肥桶《こえおけ》を荷《から》って段々畠に登り、と、こう書けばたいした働きをしていたようだけれど、戦前戦後の農漁村の嫁たちにとっては、まあまあ当り前の女の仕事だったのだ。

夜なべには子どもの服を縫い、背広の裏返しや男ものコートまで、我流で縫いあげていた。新しい生地《きじ》が買えぬから、サイズの大きなアメリカ軍の放出物資というものを買ってほどいて、更生させるのである。家族のだけでなく、親類縁者、隣近所の和洋服も頼まれればイヤと言えなくて、多少内職をしたい気分もあるのだけれど、縫い上げれば、糸代だけでよろしゅうございますと口に出て、お代もいただけぬ暮しむきの中で、わたしは見えないマユをつくる蚕のように、のろのろとなにかをつむいでいた。息子が高校に入った頃、口べらしに紡績に行っていた妹を、親の反対を押しきってわたしは呼び帰した。

「姉ちゃんは水俣病にとりかかる。小説も書く。手伝うて」

と妹に頼んだ。

「どげんして食うてゆくと？」

妹は、自分の口を姉ちゃんが養えるかととても心配した。ここらの村で一度口べらしによそへ出たら、退職金もろくろく貰《もら》わず嫁入り支度《じたく》もせずに帰ってくるなど、出戻りの嫁御のようなもので、わたしたちは婚家先にも、村にも気兼ねしながらそうするほかはなかった。実家と婚家は狭い村の中にあるのだったから。

わたしは妹に家事を任せて一銭にもならぬ行商に出たり、弟夫婦に出てゆかれた実家の老父母が、豚を養っているのを手伝ったりした。嫁に行った娘が実家をそんな風に手伝ったりするのは、婚家にとっては面白くないのだが仕方がなかった。豚を養うのは苛酷な仕事で、朝は三時頃から起きて部落中の残飯《ざんぱん》や野菜くずを貰い集めて煮なければならない。当時残飯をもらえる家が五十軒あまりあって、年末には泣くような思いで、なにがしかのお歳暮をそんな家々に配っていたのを思い出す。この部落も今は、市営住宅が入って四百軒くらいに増えている。豚を飼うと言っても資力がないから「豚の親方」という人から子豚を借りるのである。半年くらいまかなって中豚くらいになると、親方とばくろうさんがやって来て豚を計りにかけて値をつける。親方が六分、養い親が四分の分け前である。

暗いうちから餌を集めて煮て食べさせて、豚舎《とんしゃ》の掃除をまめにやっても悪臭は消えず蝿が出る。ひと頃は、五、六頭もいて、食事どきに啼《な》き立てる声といい、隣近所に気の毒なことこの上もない。豚は太るが人間はやせ衰えて、残ったお金の勘定をしてみると、人間の体力と労力を豚に食べさせているようなものだった。金が仇《かたき》の世の中とは近松門左衛門ならずとも骨身にしみながら、わたしは合間に水俣病多発部落をひそかにたずねはじめ、書き始めていた。

とうとう実家の豚にひかれる形で帰ってしまい、そんな暮しの中で、父の老人性結核が昂進《こうしん》したが、ろくにお医者さまに診ていただくことも出来ず、娘が水俣病などと

かかわりはじめたのを気にして、

「お前は昔なら寝首《ねくび》かかれるむほん人ぞ」

と言いながら死んだ。そういうわけでいまや妹は、わが家の実力者である。水俣病の初発のころの支援をどうやってゆくかという相談ごとをするために、のべ何百人の人びとが、豚舎《とんしゃ》まがい、猫舎まがいのわたしの家に熊本から、東京から、その他その他から来て下さって泊って行ったろう。そういう人たちをもう二十年近くまかなって来て、支援者の一人から妹は求婚され、今は二人でわたしを手伝ってくれている。

「妙ちゃん家《げ》の猫ば粗末にすると、御馳走にありつけんぞ」

と患者さんや支援の人たちがいう。その患者さんたちも死に続け、猫たちはもっと沢山死に続けた。

水俣病の原因物質は不知火《しらぬひ》海に流入しつづけ、国も県も水俣市も、これを完ぺきにとり除く手だてをつくさぬまま、いまだに犠牲者がふえ続けるばかり、なんという国か、なんという世の中なのかと思わずにはいられない。

猫のタネもつきないもので、相も変らずわが家には、部落中の猫が寄り集ってくる。魚の好きな妹夫婦は、胎児性水俣病児が生まれるのをこわがっているのか、子どもが生まれないが、よその赤ちゃんや猫をとても可愛がる。ふと気がつけば、この二十年の間には、水俣病を騒ぎ立てる人間がいるから町がすっかりさびれたといいながら、この村でもきれいに家を建てかえた。昔ながらの水呑み百姓家の形骸《けいがい》だけを保って、建て替えのきかぬのは、本当にもうわが家一軒になった。屋根も畳も波うって、軒は傾き壁は破れ、よくまあこんな家に人さまが泊って下さると思うけれど、のびのびと床や壁の破れ目から出はいりしているのは猫たちである。

いっそう老いたが、肥《ふと》っちょの母が、相もかわらず箒《ほうき》と雑巾《ぞうきん》を持って、猫たちを追っかけまわしているのを見れば、ここら田舎の老母たちが、遠い昔から、ままならぬ子や孫たちにむけて言って来た口説《くどき》そのまんま、猫に向けて言っている。

「ほんにほんに、ご飯の分は三人前も四人前も食うて、なあんも家のためにゃならんくせ。もうどげんするか。家もなんも、うっ倒るるがもう。柱も寄ってたかって爪立てて、こもうなってしもうた。おまえどもが、起すか、家ば」

わたしはなんだか耳が痛いが、きこえぬふりして猫たちにいう。

「ほらほら、ばあちゃまにおこられんうち、ネズミの番ども、しにゆきなはり。脚は雑巾で拭いてあがんなはり」

愛猫の死と息子の涙《なみだ》

その頃わたしたちは実家の納屋《なや》で暮らしていた。息子はもう高校生だった。ニキビの出はじめた友達や、ガールフレンドを連れてくるようになり、おや、この子も思春期になったんだと、わたしはもの珍しいような、そわそわした気分だった。それというのも、自分の思春期が戦争中だったので、「国家と人間と戦争」などを、どう考えればよいかと、深刻に考えつめて過ごし、それがたいそう辛かった。息子の時代はふつうの生き生きした青春がはじまるのだ、と思っていたようである。

息子の部屋は、屋根裏だった。

今のマイホームの子供の個室などはどんな感じだかわからないが、百姓屋の納屋《なや》の屋根裏といえば、稲を脱穀したあとの藁《わら》やさつま芋などを、ごろごろ積み上げておく天井裏である。下の階もやっぱり物置きで、農機具や筵《むしろ》や漬物桶《おけ》などを置く。そこへ親子三人が住もうというので、赤土の仕切り壁をつくり、モノたちや芋や藁を納屋半分に積み上げて、畳を敷いたようなあんばいだった。

後年、お隣の小母《おば》さんが
「道子さんな、小屋の隅《すみ》くらで、何か書きものしおんなさるが、まあ」

と溜め息をつかれたから、外からの見かけも中身も、じっさいそんなものだった。

ある日、仕切った土壁の後ろ側で、コココココッと鶏の声がする。さてはと思い、廻ってみると、藁小積みのあっちこっちに卵が三十ばかりも見つかった。隣の両親ともども嘆声を上げ、大喜びしたことだった。仕切りの後ろ側には戸がなくて、四、五羽ばかりいたそこから裏山の藪《やぶ》に出入りしていた。夜は藪椿の枝に跳び上がって、鶏たちが寝ていたりした。それ以後気をつけていると、藪の方でもココココッ、ケーコッコという声がする。

それっとばかりに上がってみると、案の定、枯れ枝やうず高い落葉の中に卵が見つかる。

今産んだかと思われる温かい卵もあった。今のように安い卵があふれている時代ではない。卵探しは、じつに心ときめくひとときだった。

海で貝を採るときの気持ちに似たような、大昔、鶏がまだ人に飼われずに木に登ったりおりたりしていた時代に、卵というものを発見しはじめた時のような、おどろきと歓《よろこ》びだった気がする。

納屋住まいというのは、ふつうのちゃんとした住まいよりは、型やぶりに暮らせて面白かった。ネズミたちともほとんど同居といってよかった。

黒白ブチの猫をミイと名づけて息子が育てていたが、この猫、ネズミが梁《はり》の上から顔を出すと、チャブ台の下にかけこんで小さくなってしまう。ネズミの方は先住者だから、のどやかなものである。

「ほれ、ミイ」

わたしと息子は、その太ったお尻を押しながらいう。

「お前《ま》や、猫じゃろう。ほれ挨拶《あいさつ》しておいで、ネズミちゃんたちに」

ミイにはその言葉がわかるらしい。チャブ台の下の暗がりでじりっと後ずさりして、声も立てない。息子がむりに引っ張り出して梁を見上げさせようとすると、後ろ足をばた狂わせて跳んで逃げる。その大騒動といったらなかった。ネズミたちは口をもぐもぐさせながら、きょとんとして一家の情景を見物しているのである。

ミイが死んだのは、息子が大学に入りたての頃だった。彼は夏休みに帰って来ていたが、後ろの藪から硬直した死骸《しがい》を両手に抱えて連れて来た。

「お母さん、じいちゃん、ミイが死んだ」

いうなり、親より二十センチぐらい大きくなったのが、わあわあ泣きはじめた。わたしも父も、あまりの大声に息をのみ、

「まあ、仕方がないよ」

とうろうろするのみだった。

祖母の食膳に添う飼猫ミイ

三月の忘れ雪が来て、栄町《さかえまち》は牡丹《ぼたん》雪におおわれる。幾日も空は暗くて忘れ雪が降る。どこの家でも早仕舞いをして、おんおんと囲炉裏《いろり》に火を焚《た》いた。囲炉裏の熾《おき》をかき出して、焼酎《しょうちゅう》沸《わ》かしの「ちょか」がすえられて、焼酎の沸き立つ匂いがする。湯《ゆ》ノ児《こ》温泉の拓き事業が片づかなくて、祖父も土工たちも、湯ノ児の飯場にいた。「湯ノ児は寒かろうばい」と春乃〔母親〕がいう。おもかさまはどのような寒の師走《しわす》にも、囲炉裏のそばには「男のきゃくされ〔くされはてた〕の匂いのする」と云って来ないのだ。雪の舞いこむ納戸《なんど》の押入れの方をむき、この世を払いやるような手つきになって、前の方に垂れ下がる髪の向うを払って咳をする。高浜焼の青絵の火鉢がなぜか気に入っていて、茶色のしみが地図のようになっている例の白無垢《しろむく》を膝の上に乗せ、火鉢のふちのぬくもりが熱すぎると、そえられている灰かきで、燠をかぶせて熱を加減した。そのくせ、黒繻子《くろじゅす》の衿《えり》をつけた綿入り半纏《はんてん》などを、いくら重ねてやってもはねのけて、薄着になってしまうのである。

おもかさまは別膳《べつぜん》だったから、その膝元まで、ひき出しつきの箱膳を押して行ってやると、「もう飯時分かえ」と居ずまいを正して食事にかかるのだが、粟と麦と米とを合わせた三穀めしの飯つぶや汁の実や、塩焼きの鰯《いわし》の身などが、その箸の先から口へゆかぬうちにこぼれおちるので、わたしは終るまでそれを拾いながら、猫の「ミイ」とふたりでついていてやるのである。猫たちは代々どれもこれも、よほどに口いやしいのでないかぎり、おもかさまの箸の先にかかっている魚には手を伸ばさなかったけれど、なかには盲者とあなどって、家人がわき見をしている隙に爪先にひっかけてみたりして、叱られるのもいた。

そのような猫に云いきかせをするときは、爪にかけてしまった魚を、父がその鼻先にこすりつける。

「いくら畜生ちゅうても、めくらさまのものに手をかけるちゅうがあるか。こういうさもしいことをしたならば、もう家にゃ置かんけん、この魚の頭をばくわえて、たったいま、出てゆけ。ほら、たったいまくわえて、出てゆけ」

亀太郎〔父親〕が膝でにじり寄って叱りつけ、尻を押しやれば、ミイは鼻の先にこすりつけられた焼魚に、おじぎをするような格好で尻退《すざ》りして来て耳をぴくぴく倒し、人のうしろにちいさくなっている。春乃も尻馬に乗って、

「この猫は、死んだミイより馬鹿猫ばい。死んだミイは、どげん利口者じゃったか。

いつも人間よりは先に食わするじゃろうが。げっぷしよったろう、さっきは。ちょうど、餓《ひ》だるか目に合わせておるごたるよ。こんどねずみ取って来て見せても、もう感心してやらん。ほら、まちっと太か鰯《いわし》の頭もあるけん、尻尾にども結《ゆ》わえつけて、持って出てゆきなはる。」

曲げこんで、神妙になっている尻尾をぴょんと母がたたく。

「畜生ば打ったりするなえ」

おもかさまが気の毒げにいうと、猫だといえどもばつが悪くてたまらぬ目つきになって、しょぼり、しょぼりとしているのだった。そんな云いきかせをくり返すうち、おもかさまの膝の先にこぼれ落ちてくるのだけを、ミイはあくびをしながらわたしといっしょに拾うのである。

＊　＊　＊

存在というものの意味は、感覚の過剰なだけの童女だからというだけでなく、理屈をもっては解きがたかった。いっそ目の前に来たものたちの内部に這入って、なり替ってみる方がしっくりとした。いのちが通うということは、相手が草木や魚やけものならば、いつでもありうるのだった。とはいえ、ありとあらゆるものに化身《けしん》できるわけではなく、そこには、おのずからなる好ききらいがうごいていて、魚とか猫とかもぐらとか、おけらや蟻や牛や馬、象ぐらいならばなり替ってみることができるのである。

そのような無意識の衝動は、もとの生命のありかを探しあるくいとなみでもあったろう。とどきえない生命の、遠い祖《おや》のようなものは、かの観念の中の仏さまとは、かなりちがっていた。

世界の声に聴き入る猫

みっちんは、猫のみいが、小指の爪くらいのちっちゃな蟹《がね》に手を出して挟《はさ》ん棒《ぼう》に挟まれ、ぎゃあーといいながら二本足で立って飛び上がり、挟まれた手を振り廻していたのを思いだしました。いやいや、猫のみいだけではなくて、自分も蟹に手を出して、挟まれた痛さを思いだし、きまり悪くなりました。そういうときのみっちんの格好といったら、猫のみいにそっくりでしたから。挟ん棒に挟まれるなんて、蟹に対して礼儀が足りないのだと、かねがね、めくらのおもかさまから教えられていたのです。

――おうおう、また挟まれたかにゃ、痛かったろ、痛かったろ。

おもかさまは見えない指で探り探り、みっちんの指にくっついている、ごみほどの蟹の鋏を取りはずしてやりながらこういうのでした。

――蟹女《がねじょ》の挟ん棒はな、挟むのが仕事ばえ。蟹女に挟まれとうなければ、手え出すなや。石の苔でも地の黴《かび》でも、挟んで食べるのがあん衆《し》たちの仕事じゃけん。みっちんが指出せば、蟹女たちは、ガーゴォ、ガーゴォ、ガーゴん来たあー、そう思うて、じょきーんと挟まるばえ。

ガーゴというのは、だれひとり姿を見たことのないお化《ば》けのことです。蟹からガーゴに思われてしまうとは、これはやっぱりぐあいが悪いのです。

みっちんガーゴに
挟《はさ》ん棒あずけて

蟹女《がねじょ》が逃げた
どこさね逃げた
往還道《おうかんみち》さね逃げた

往還道はどこさね往《い》たか
海から上がって　山に上がって
谷に下って　海さね往たて
山さね上がって　谷に下って
往還道をば
蟹女が行列
蟹女や蟹女や　ちんちろ舞いして
どこさねゆくか

見れば　挟ん棒も無かごたる
ガーゴに逢うた　ガーゴに逢うた
みっちんガーゴに逢うてきた
挟ん棒片っぱ呉《く》れてきた
命のかわりに呉れてきた
早《はよ》う逃ぐ　早う逃ぐ
山さね逃ぐか　海さね逃ぐか
山にゆくにも　海さね逃ぐにも
大廻《うまわ》りの塘《とも》のおぎん女《じょ》が
口を押さえて　目で笑うて
三日月さまに笑うて

待っとらす

おもかさまは、もうなんでもすぐ唄にしてしまうので、これはみっちんガーゴと蟹女の唄です。

＊＊＊

往還道というのは、ちょっと位《くらい》の高い道のことです。

山に沿うたり野に沿うたり、海に沿うたりして、人間の親子が手をつないで三人並んで通るのにちょうどよい幅で、一本足の仙造《せんぞう》やんが、居睡《いねむ》りしいしい乗ってゆくのに、馬は、どこで仙造やんが落っこっても、ふうわりと草のあるところに落っことせる、道のどこかに岩床がさし出ていても、大怪我《おおけが》をせぬようにふうわりと落っことすことのできる、そういう道なのでした。冬なら枯れた萱草の上、春なら蓮華や菫の上、夏ならば匂いのよい真緑の蓬《よもぎ》の上に、秋ならばぜいたくにも、あの紫色の桔梗《ききょう》の花の脇やら、この上の褥《しとね》はない萩の乱れ咲く上にそろりと置かれて、そのまんま睡れば、上から羅《うすもの》織《お》りのような芒《すすき》がおおってくれる。そのようすを道端の石の仏さまが見ていてくださる。馬は野面《のづら》をあちこちして好きな草を食べ、川のそばに出て水も呑み、三日月さまを眺めたりしていて、仙造やんが起きるころ、迎えに行く。村の人たちも、馬がひとりで遊んでいるのを眺めれば、

――ああ、また、仙造やんが馬から落っちゃえて、萩原《はぎわら》堤《づつみ》に寝ぇとらす。酒呑みちゅうもんは、極楽よのう。

などというのです。往還道とはそういう道なのでした。この道は、じつにいろいろなものたちでできあがっていて、もう草花の賑わいだけでも、その香りで、蝶たちを呼び寄せていました。そのようなあいだを通って、蝸牛《かたつむり》は蝸牛の、蟻たちは蟻の、お

けらはおけらの往還道を持っている、というぐあいです。

＊＊＊

死人さんの御使いがゆくときには、烏が木に止まり止まりして連れてゆきますし、赤子の産まれる御使いが来るときは、蟹が家の中に上がってまいりますし、みんな、それぞれの往還道を持っているのでした。

人びとはいつごろから、魂たちの気配の賑わう道に、とくべつの位を与え、往還道と名づけてうやまうようになったのでしょう。仙造やんの馬だけではなく、田んぼ仕事や山仕事を終えて出てくる牛も、この往還道まで来ると、そこでひと声啼《な》かねばならぬもののように、咽喉《のど》を伸ばして啼いて、躰《からだ》も尻尾もゆったりと大きくゆすりながら、足どりも軽くなって歩いたものなんです。

夕陽が、みっちんのいる藪《やぶ》くらの中から、川塘《かわども》に沿っている往還道を照らし、野面を照らし川波を照らし、海の上にありました。

夕陽のひろがるのと同じ感じでみっちんには、いろいろなものたちの声が聞こえました。草や、灯《とも》ろうとしている花たちの声とか、地の中にいる蚯蚓《みみず》とか、無数の虫たちの声とか、山の樹々たちや、川や海の中の魚たちの声とかが、光がさしひろがるのと同じように満ち満ちて感ぜられ、それらは刻々と変わる翳《かげり》をもち、ひとたび満ち満ちたその声は、みっちんの躰いっぱいになると、すぐにこの世の隅々《すみずみ》へむけて幾重《いくえ》にもひろがってゆくのでした。なんだか世界と自分が完璧になったような、そしてとてもものの寂しいような気持を、そのときみっちんは味わいました。

家猫のみいが耳をじいっと立てて人間と離れ、畠《はたけ》の隅《すみ》の岩の上なんかにいて、夕陽の方を向き、いくら呼んでも聞こえないふうで、世界の声に聴き入っているような姿をしているわけが、そのときわかったように思えました。

野草を食《は》む猫と私

宮崎と熊本の県境近くにある山寺の、若いお坊さんから、独活《うど》の青芽をもらった。留守をしていた間に、どさっという感じで勝手口に置いてあった。

夕方の小暗い板の間に、畳半畳ほどにも青々のびのびと枝を曲げているのを、ひとめみたときは、なんだかぎょっとした。わたしの腕ほどの根っこである。八百屋にはこういう感じのものは置いてない。

つくづくと眺めて、独活《うど》であることがわかったけれども、山の神さまが化けていらしたのではないか、と思ったほどだった。

たとえば樫《かし》の若芽とか、杉の枝葉を伐《き》ってきて置いてあったとしても、山の神さまの化身とは思わない。

棘《いげ》ではないが、ごわごわとした茶色の生毛が、茎にも根にも、葉のつけ根にも斑《はん》痕《こん》めいて密生している。土に埋まっていたところだけが、八百屋さんでみる独活《うど》の色をしているが、茎のすべてはたけだけしいほどな緑色で、枝先の芽という芽が肉太である。

山野の精気を、根にも茎にも芽の先にもぎっしり詰めながら育って、勢いあまり、たわわな形にそれぞれの枝が反《そ》っている。

川口に住んでいるわたしは、大木になった独活《うど》というのを、しかとみたことがなく、食べ頃の自生の独活《うど》というのにも、そうそうおめにかかることがない。板の間に置かれてあった独活は、木にあらず草にもあらず、ひどく野性的で、はなはだ面妖《めんよう》な何ものかであった。

腕組みして向きあう感じになって、とみこうみするうち、芽の固まりは、ぶった切って天ぷらにしたら、揚げ甲斐《がい》がありそうに思えた。山の精気に挑まれているような気がしきりにする。

皮と葉っぱを絶対に捨てないで、キンピラにしてくださいと、くだんの僧からくれぐれもいわれた。

前回いただいたときそれを信奉して、大ぶりのささがき風にして、いためてみたら、極上の香りはするのに、えらく筋だらけで、固かったのである。

このくらいの大きさに切ったのよ、と指で示してみせると、ケンタ、と名乗るこの人が、やせた躰を海老《えび》のように折り曲げながら泳ぐような手つきになって、

「ああっ」

と声を出した。

「そりゃダメ！　そりゃダメです！　それじゃ、筋が固かです。筋ば刻まんといかんです。わはあっ、もう」

と念を入れて嘆かれてしまった。この人まだ三十前なのに料理の天分がある。

「ああそうか、コノシロの、骨切りの要領でやるわけね」

海辺のわたしは魚をこさえるやり方でぴんときて、そう答えた。

皮と葉っぱをとったあとの芯の部分をカツラむきにして晒《さら》し、お吸物に入れたり、短冊にして酢味噌にしたり、ドレッシング和《あ》えにもしてみたが、よく晒したものを木の芽味噌で和えたものが、わたしの舌にはよく合った。いちばん独活らしい味と香りと舌ざわりだった。

それでいいよ、昨日から水に晒しておいた皮というか筋のところと、葉っぱや細い茎を骨切り風に刻み、キンピラに作った。

カツオと酒との醤油味にして、砂糖は入れない。ゴマ油にしようかと迷ったが、両方ともくせが強すぎるので、菜種油《なたねあぶら》で炒めてみた。五月の山の強烈な芳香だけれど、あの野性のたけだけしさがどうしても歯の間に残る。やっぱりこれは、山の神さまの精のものを、刻んで食べてしまったかしら、と思ったりする。

ケンタくんの説によると、山寺に来る人たちは、独活の皮のキンピラをことのほか好まれるとのこと。ひ弱なわたしなどより、精神の咀嚼力《そしゃくりょく》が、お強いのであろう。などと言うとケンタくんが今度はちがう手つきをして、

「いいや、腕です、腕」

と言いそうな気がする。

明日は冷蔵庫の奥に鎮座している「おん芽立ちさま」を天ぷらに揚げる。食べごしらえというより野生の独活に挑《いど》まれて、荒事の神事でもやっているような気分である。そこでついでに散歩のかたわら、水俣川の土手に生い繁っている蓬《よもぎ》を引っ

こ抜いてきた。

強い突風が吹き荒れていた。夕暮れの土手は、風のくる方向から草木が打ちなびき、白い波頭のように葉裏《はうら》を揉まれているのは蓬《よもぎ》である。わたしの髪も草といっしょに、わし掴みにされている感じだった。独活《うど》の精が、川伝いにやって来たな、とわたしは思っていた。

さて、と自分と独活の気分をしずめながら座りこんで思う。葉緑素のかたまりのような五月の蓬は油とも相性がよく、揚げものにしてやると、独特のアクがひらりとした香りになって食べやすい。なんとか、蓬そのものの厚味を食べたいのだけれども、揚げると瞬時に水分が飛んでしまうのか、衣の中に鮮やかな緑が、一枚透けてみえるような天ぷらになってしまうので、蓬についての思い入れは深くなるばかりである。

木の芽どきとか、木の芽流しという言葉があるが、春から初夏にかけて、芽の出るものをわたしたちが好むのはなぜだろう。たとえば、新牛蒡《ごぼう》がいま出まわっている。

母が元気で畑をつくっていた頃、新牛蒡《ごぼう》になる前の、まだ稚《おさ》ない茎を間引いて茹《ゆ》でて晒し、おひたしにしていたものだが、今、あれが食べられない。

あっさりした緑で、ごくごく繊《ほそ》い糸のような根を嗅《か》いでみれば、やっぱりかそかに、牛蒡《ごぼう》の香りがするのが嬉しかった。みずみずした芽を食べる儀式のような、つつましく新鮮な食膳《しょくぜん》だった。あのような気分は神さまと食を共にしていた時代の名残《なご》りだったかもしれない。

根元がほの紅い、まだ蕾《つぼみ》をつける前の蕎麦《そば》の芽の間引き菜も、胡麻和《ごまあ》えにして膳にのせた。非常に細いが、さっと湯をくぐらすとふっくり、さくさくとして、子供のひと口に、あれは幾筋ずつ噛み含めていたのだったろう。

今はお店に大根の芽が工場の水栽培で一せいに売られているが、大地の季節の芽というものを、主婦たちも、子供たちも知ることが出来ない。

緑の芽を食べるのは人間や牛馬や兎《うさぎ》や羊だけでなく、猫でさえも気分の悪いとき、畑や庭にやわらかそうな草をみつけて、噛んでいるのをよくみかける。子供の頃そんな猫の姿をみて、生きものたちの食生活に目がひらくような思いをしたことがある。

猫が生えたまんまの草を食べるの図は、兎とも山羊《やぎ》ともちがう。風草《かぜくさ》というのか、稲科の細い草をみつけて寄ってゆき、草のしなう方向にそって、丹念な優美な感じに首を動かす。ご近所を荒らしまわっている猫が、苦しげに草をもどしている姿をみて、あれは鼠《ねずみ》退治用の〝猫いらず〟をご馳走になってしまったにちがいなく、毒消しのために草を食べているのだと、親たちが言っていた。

わたしが野草を好むのも、わが身の毒をもどすためだろうか。

III 追慕

黒猫ノンノ

愛猫ノンノとの縁

黒猫ノンノといえば、寺に出入りのある人なら、たいていは知っていらっしゃる。ノンノとさあちゃん、ポンコとノンノとご住職、あるいは京二塾《きょうじ》とノンノ、と題して小編を描けば、深遠にして抱腹絶倒《ほうふくぜっとう》の、猫小説が出来あがるかもしれない。

というのもこの黒猫、どこからどう眺めても美猫とはいえず、性格もまた、仏さまから見て、はたして寺の猫に入れていただけるかどうか、心もとないような猫であることも、衆目《しゅうもく》のみとめるところだろう。

つい最近も、お寺の江口さんが見えて、コタツの横で大あくびをしていたノンノを眺めておっしゃった。

「んまぁ、こげんしとるところば見れば、おまいも、よか婆ちゃんばってんねえ」

一瞬わたしは、「婆ちゃん同士でよかったねえ」と云われたような気がして、ノンノを眺めたが、この黒い「汚れさん」は、お客布団《ふとん》の洗い立てに坐って、眉毛のところの禿《は》げて来た目をトポトポと細めてうっとりしているのだった。

いちばん最初のときの出逢いが印象ぶかい。

山門の右手の脇にある銀杏《いちょう》が黄ばんで、今年はまたひときわ美しい。ここの仕事部屋には、お寺の憲ちゃんや美知っちゃんや、倉本さんらのお世話で、ほとんどかつぎ込まれんばかりにして移って来たのだが、そのとき銀杏はまだ青かった。

いくらかここの暮らしに慣れ、境内《けいだい》の脇道を通って商店街にゆくことも覚えたある日、銀杏の高い枝の上から、猫とも思えぬ澄んだ声で呼びかけるものがいる。思わず見上げて、こちらからも呼んだのが、ノンノにせり込まれるきっかけになろうとは、気付かなかった。

そこで考えるのだが、人間によらず、動物たちによらず、上の方から眺め下されるか、こちらが眺め下すかによって、関係の成り立ち方がちがってくることもあるのではないか。

この頃ノンノは年老いて、あんまり高い樹の上には登らないようだが、その時は、とんでもなく高い梢《こずえ》の近くに登っていて、鳥のように啼《な》いたのである。とはいえ、鳥とはまったくちがう美声だから、わたしは混乱して、豹《ひょう》の仔《こ》かとも思ったほどである。なにしろ、ここらは、動物園に近い。

その時、下から眺めたノンノの目の光には、野性の気品がそなわり、とても神秘な色にみえた。石牟礼さんは目が悪いからなあ、と、あの人とあの人とあの人が云いそうだが、とにかくそう見えたのである。

当時は八匹の猫たちが寺にいた。子宮ガンだったビン子をのぞけば、どの猫もわたしの部屋をのぞきに来て、食べ物をねだったり、遊んで帰った。

猫は人にもあんまり上手を云わないが、同じ猫同士、たとえばクロベエはノンノの母親、タンキチやポンコとはきょうだいだと聞いているのに、ここの寺の猫たちは人間同士のような親しみを感じあっていない様子なのは、なぜだろうか。

長い尻尾を立てて、ゆらりと鉤《かぎ》のように曲げ、食卓の上の干魚《ほしざかな》をかき落としていたのはタンキチだった。大柄で間の抜けた表情でそれをやるので、わたしはその妙技に、ほとんど感心した。

ノンノといえば、部屋中の襖《ふすま》に爪を立てて、一枚残らず、ザンバラにしてしまったことがある。家主さんに悪くて総替えをした。それは経済的にこたえる事件だった。張り替えが済んで真新しくなった襖の前にノンノを坐らせて、わたしは云い聞かせをした。前足を両手で握り、ちぢこまっているのを取り押え、真新しい襖に、前足を当てさせて爪をかけるしぐさをさせた。

「ほら、こうやって、まいっぺん爪立ててごらん、もう今度したらパチンだよ、パチン！」

そして頭をほんとうに、パチンした。

いたく恐れ入った様子だったが、以後、まことに感心にも襖に手をかけたことはない。

「頭はよかってすもんねえ」

ご住職とさあちゃんがそう云って嘆かれる。

猫が猫ぎらいのように、人間も人ぎらいなところがあって、花やら樹やら、犬猫たちに助けてもらって、なんとか生きてゆける。

某氏などは、「お前は寺におるくせ、なにひとつ、仏さんのことをしらんようだなあ」などとおっしゃり、返事をしないノンノをやおら抱きあげ、「こらっ」といいざま強制的ほほずりをなさる。

ノンノ婆さん

背中の方にもぐり込んでくる黒猫のノンノが、このところ風邪をひいていて、しきりに深い咳《せき》をしているのに、びっくりして目を醒《さ》ます。

ひっきりなしの喘息《ぜんそく》性の咳なので、背中をさすってやるがおさまらない。ひょっとして老人性の結核ではないか。

じつは父がそっくりこのような経過を辿って死んだので、老猫の様子から物哀《ものがな》しくなってしまった。思えばこの猫、一隅を仕事場にさせて貰ってるお寺の飼い猫なのに、何が気に入ったか、わたしの猫みたいになってしまった。

水俣へ帰ったり旅先から戻ってみると、情緒不安になっていて、あからさまに、――いったいぜんたい、飼い主のくせして、どこ、ほっつき歩いてたのよう。

というような様子を強く示す。

――あたしたち猫というものは、時期になれば蒸発癖、放浪癖があって、ほっつき歩いていてもさ、そのうち、ひょろりと帰ってくるのがふつうなんだけどさ、おや帰って来たかい、と迎え入れるのが猫に対する人間の対応なんじゃない。それがまあ、この人ったら、ふらりと出て往《い》って、いつ帰るのやら、あたしが出たりはいったりするのに、部屋の主がちゃんと居て、言葉かけてくれなくっちゃ、かっこつかないじゃない。まったくもうあたし、安心して、ここに居られないんだから。これではまったく、猫・人、所を異《こと》にしているんじゃない。飼い主という自覚、したことあるざんすか。

とまあ、いうような気持をこめて、にゃあにゃあとすねてみせ、後退《あとずさ》りして這入《はい》って来ずに、三日ばかりは梃摺《てこず》らされる。

それにこの人、ガス栓や電気のスイッチを切るのを忘れるくせして、鍵だけはどういうものか、ときどき猫を入れたままかけて出かけたりして、旅先からお寺に電話がかかってくる。若者たちがそれを受ける。

――あのう、ひょっとして、もうなんにも、なくなってしまっていませんか。

――何がですか。

――あの、お寺が。ああっ、電話かかったから大丈夫ね。

――はあ？

――ああよかった。消防車来なかったのね。

――またまた、どしたんですか。

――じつはまだ、ガスが燃えてるんじゃないかと。

——ええっ。

幸い、今のところは、事なきに至っているが、こういうこととて、猫だけの問題ではない、と、この猫、思っているにちがいない。

そこで、この部屋に戻った日には、必ず戸口の前で、あきらかにいつもと違う抗議の意志をこめた妙な声音で啼《な》きたてる。迎えに出れば、いじけたように後退りし、抱き上げようとすると足を突張って這入らない。このやりとり、三十分に一ぺんくらいの割合で続き、だんだん猫の方がエスカレートして、わたしのゆけない樹の上に登ったりして啼き立てる。

当方、よしそれではと、樹の下にゆき、彼女の大好きな竹輪《ちくわ》の煮立てたのを、冷えたのより、煮ると匂いが樹の上にのぼるであろうから、それをかざしてみせるやら、手をたたくやら、いつの間にかノンノのペースにひき込まれ、俄《にわ》かに気づいて、これでは足許《あしもと》を見られると思ったりするが、すうっと這入ってくるまで三日かかる。

ときどき、猫好きの小父《おじ》さんが見え、ノンノを宙吊りのように抱き上げておっしゃる。

——だいたいお前はだな、お寺におるくせして、修養が足りんぞ。

なんちゅう心の狭さか、他の猫は追い散らかして。ふーむ猫相が悪いぞ。心の狭さが顔に出とる。見てみろ自分の顔を、鏡でよーく。自分ばっかり大事にして貰おうと思うて、ここに来るとだろ。よか所ば見つけたねぇ、ぬしゃ。うーっ。

猫、最後のうーっに仰天して耳を後に伏せ、横っ飛びに逃げる。

もの心ついた時からわが家には、一匹、二匹ならず猫が居たが、ここの仕事場にくるやいなや、黒猫と同居することになり、次のようなイメージで暮らしている。


とある、荒れはてたお寺の縁近くに、年とった黒い猫と、自分が年をとったことをちっとも知らないお婆さんとが、仲良く暮らしておりました。お婆さんは朝起きると、いっしょに大きな伸びをしながら床を出る黒猫のノンノに申します。

――ノンノや、お前よんべは、たいそう寝言《ねごと》をいっていたけど、猫嶽《ねこだけ》の神さまなんかと、おもしろいことあったんじゃないの。

ノンノ婆さんは、前脚で濡《ぬ》れ縁《えん》の戸をあけて外をまず眺め、鬚《ひげ》に来る風で、おしっこを庭に下りてしようか、外に出ず、床下に廻ってそこで済まそうかなどと考えます。そしても一度、起きぬけの伸びをやり直しながら思うのです。

――年取りぞこないというけれどの、うちのこの人ほどの、年取りぞこないはめったにおらん。

自分が夜な夜な夢嶽に登って、妙な唄のなりそこないで、寝言をいうくせに。自分が年を取っていることをちっとも気にしないお婆さんは、すぐにノンノ婆さんの気持を察していうのです。

――あのね、それはね、ちがうのよ、うん。これでもわたし、世間の苦労というものも一と通りやってきているんだよね。それでまあ時間をね、量《はか》り直そうと思っててね。つまりわたし今、目が醒《さ》めたと思っては見るんだけど、しっくりしないんだ、毎朝なんだけど。

じつは目が醒めたと思ってる今が夢の中であってね、あんたとわたしはね、同じ夢の中にいるわけよ。でね、苦労してるというのはね、ほんとうはそれが現世の筈《はず》の、夢だと思っている世界、このひっくり返りを、どうやって元に戻せばいいのかなあ。あっちの方の本当の現世へ、どうしたら戻れると思う？

ノンノ婆さんは、ゆうべ食べすぎた生鮭《なまじゃけ》が胸にもたれたのか、庭に降りることにしたらしく、糸杉の幼木のかげで、残り少ない冬の草の葉を食べはじめました。じつはこのノンノ、お寺の育ちとあって、海辺育ちのもう一方のお婆さんが時々気紛《きまぎ》れに作る刺身に、なんの反応も示さないのでした。

――はたして汝の前世は何者なりや。お婆さんはなにが嬉しいのかそう呟《つぶや》くのでした。

この猫、試みにオートミールをミルクで煮てやると音を立てて啜《すす》り、苺《いちご》や胡瓜《きゅうり》などが大好物です。それに声が。

ノンノにおける特徴の最たるものはその声の妙《たえ》なることにあるというべきでした。とても猫の声とは思えません。

ごく稀《まれ》に二人の陋屋《ろうおく》を訪れる本の編集屋さんなど、澄んだやさしいソプラノの、耳に小愛《こや》らしい声でふんわりと腰のあたりにすり寄られ、

——ニャニャニャン、ホウ。

というように鳴かれると、必ず膝を浮かして、

——えっ、なんです、今の声。まさかこの猫じゃなかったでしょう？

と仰有《おっしゃ》います。も一人のお婆さんにとっては、この時がいちばん嬉しい時で。

——うふふん、いえいえ、この猫なんですよ、よか声でしょ。

——ああ愕《おどろ》いた、猫の声なんですか、今の。

——ええ、ほんと、よか声でしょうが。わたしこれまで、猫という猫とは、曾々祖《ひいひい》

父母の時代から長いつきあいがあるんですけれどね、こーんな声した猫ちゃんとは、ほんと、はじめて暮しますの。

この前もね、ウィーンの友人に、録音して送ったんですのよ。年賀状がわりに。あそこは音楽の国のようですからね。あらゆる管楽器の、どの種類の管、あるいは絃の音に、この声が相当するのか、調べて貰いたいと思いましてね。その友人、印度と中国の古代宗教を調べているらしいんですのよね。今はきけない幽《かそ》かな音色を出す、オリエントあたりの古代楽器に、何か、相当するものがあるんじゃないかと思ったりしますのよね。でも困ったなあ、そんな楽器があったという記録、まだ未発掘であったりしてねえ。

ウズベキスタンの方とか、案外、韓国あたりのどこかの谷間に、埋まっているかもしれないのよねぇ。朽ちた楽器が。何か、お心当りありません？

ふいに質問が来て、問われた友人はまことに困惑するというか、辟易《へきえき》を隠しているような顔をするのでした。たかが老《お》いぼれ黒猫一匹に、このオーバーさ。

　このお婆さん、自分の知らないことは、まわりが寄ってたかって教えてくれるものと思い込んでいて、あたりかまわず質問する癖があるのですけれども、教えて貰ったことが、かたっぱしから次々に、記憶というものを餌にしている虫に、喰わせてしまうという頭のありさまだからなのでしょう。本人は一向にそれで、頓着《とんちゃく》しない幸せにめぐまれてもいるのでした。

　そこでノンノが、客の足の後であくびしいしい思うのに、

――ほんとにまあ、何が古代楽器でしょ。あたしという楽器、いや生の声が、現にここにいるというのに。やっぱり年取りそこないだよ。いとも簡単なことをさ、わざわざゆくえふめいみたいに、もつれさせてさ、難しくしないと済まないんだからね、この人は。

　いわばそんなようなよく視える猫ではあったのですが、昨夜女主人が、珍しがって

作った鮭ずしの、ネタの生鮭をひとなめしてみたところ、生まれて初めての珍味で、思わずも作り手の顔を見上げて、例の美声でひときわ高く続け鳴きしたのです。

猫よりも歓《よろこ》んだお婆さんが、サビ抜きにしてくれて、六切ればかり賞味したという次第なのでした。猫に生まれての幸せとは、かくいうものかとこのノンノ、思ったのです。

同じ胎《はら》から生まれた姉妹たちは、交通事故やら子宮癌《がん》やらで、一匹欠け、二匹欠けしているのに、風変りな女主人と奇縁があって、舌の美福にめぐまれたはよかったのでしたが、その昨夜、妙な悪夢を見たのでした。

それというのも、電気器具の故障を見に来てくれた若者たちが、夕食前に、変な話を女主人に吹き込んだのです。

それというのが、なんとかという名の電気器具で、生きて泳いでいる魚をぽいっとそのなかにほうり込むと、レーザー光線が働いて、頭もちょん切り、鱗《うろこ》も剥《は》ぎ、はらわたも骨もまとめて処理した上で、綺麗な刺身にして、ささささと出してくれる試作品が、七百万円で出来上ってます。

「刺身の切り口なんか、包丁で切ったより綺麗だそうですよ」

「まあ、家庭むきに、今使われているような、電子レンジ並みになって、出廻るのもそう遠くないと思いますよ」

「しかし、なんだか、抵抗があるですよ。僕ら、それを売らなきゃならない立場ですけれども」

女主人がおおいにひっかかったのはいうまでもありません。

話の途中からイメージに浮かんだのは三、四年前、めったに見ないテレビをうっかり見たばかりに運悪く、怖い場面を見てしまった、その情景でした。たぶんアメリカの映画だったたのでしょう。

それは二つの映画で、両方とも似たような筋の前後はわからないながら、ポンコツ自動車を潰す無人工場に、悪漢同士のどちらかが、憎い相手を自動車に乗せたまんまで、クズ鉄にしてしまう、というシーンでした。

黒猫なんかと束の間幸せにやっているあいだに、文明は進み、魚の頭も、お腹の中身も、綺麗に取り出して、刺身にして出すのか、レーザー光線で。

レーザー光線と云えば、記憶力の覚《おぼ》つかないこの女主人にも、よみがえる情景があるのでした。それは幼ない頃、男の子たちのチャンバラごっこの中に、新兵器が登場した時の眺めです。

鉢巻、捕手《とりて》姿の大捕《おおと》りもの陣に囲まれて、味方は一人倒れ二人倒れ、あわや、最後のひとりが危機一髪、という段になった時、小英雄がすっくと立ち上り、大マントをさっとたくしあげるしぐさをするや、片肘に片手をそえて人さし指でピストル型をつくり、

——シュシュシュシュシュシュシューーッ、レーザー光線だぁ、殺人光線だぞうーっ。

と言いながら、中腰になりざま、相手側に向い、自分の躰《からだ》で半円を描くのです。すると捕手たちは口々に、ああっ、やられたぁーと云《い》いながら、一人残らず無条件に、戦死せねばならないのでした。

女主人の、二つ重なった連想がいけなかったらしい。ノンノは、昨夜自分が、青い蛍光塗料で仕上げられた超デラックスの、「電子ナンデモ瞬間刺身器」の中に、うっかり、足を踏み入れた途端に、気がついてみたら、刺身になっていた夢を見たのでした。切り口が、生きているイカの刺身の組織のように、まだモヤモヤ動いていて、いかなる事態が生じたのかわからない、と切り口の組織になったまんまで、途惑《とまど》っておりました。

刺身のノンノがそのとき思うには、

――ああわたしは、故《ゆえ》あってお寺の猫に生まれて、刺身などという、生きた魚の肉を食べなかったのに、前世からのいましめを破って、生鮭を食べたのが悪かった。どうせなら人間に食べられずに、このまま生腐れになって海に捨てられて、魚たちに食べられるべきだったのだ。

そんな夢を見ていたのに、この年取りそこないさんは、古代楽器だの、現世の方がほんとは夢だのと、それこそ夢うわ言をのべたてて。

今この私が見た夢が、もし現世なら、わたしは猫刺身よ、一体だれが食べることになるの。

さきの終戦直後に、猫汁というものを試みた、復員帰りの青年団員がいうには、猫の肉というのは、口の中に入れてからも、アクというか、泡が立って食べにくいそうなんですよ。

すると、そこは一つ屋根の下のお婆さん、さすがにノンノの内心の声が聞きとれて、さっそくいいました。

——ああっ、わかったノンノ、わかったよ。

お前がわたしの前世で、わたしがお前の未来なのよ。お前がわたしの夢で、わたしが、お前の現世をあらわしているわけなの、やっとわかったよ、一緒に住んでいるわけが。

思い当るよそういえば。お前さんが、静電気を含んだ青いマップを、異常に恐がっていたことが。あれは一種の本能的な文明拒否だよね。さあその、超デラックス電子ナンデモ刺身器に、わたしもうっかり這入りこまないように気をつけるよ。

お風呂場なんかに、仕組まれているかもしれないからね。

『水はみどろの宮』断章

まるで大地の神さまのお椀《わん》のようじゃと、おノンは思う。

じっさい、ざっくりざっくりけずって作ったお椀《わん》の縁《ふち》さながらに、山々の尾根がつながりあっている。むかしむかしの噴火口のあとなのだ。せり出してきた大地の口といってもよかった。阿蘇外輪《あそがいりん》のカルデラ地帯は、あちこちの村を中に入れて、光にけむっていた。

ここは飛天《ひてん》峠に近い外輪の一角で、黒岩といって、空を飛ぶ鷹《たか》が来て泊ったり、時には神さまが泊ったりされるところだ。といっても、とくべつけわしい山ではない。秋の頃など、紫も、いろいろのりんどうや、ぽやぽやの毬《まり》のような花薊《はなあざみ》や、松虫草や黄色野菊が、丈《たけ》の高い芒《すすき》の間に咲きつづれていた。

——今日は山には、誰も来んのじゃな。山の精《しょう》のある者のほかは、誰も来んのじゃな。

黒猫おノンは、野菊の間を通ったときそう思った。あの気配《けはい》がしているからだ。それは気配といってよいかどうか。山じゅうの花たちがいっせいに、陽《ひ》いさまから、みえない光の糸をもらって、いっしんにたぐりよせているのだ。

そんな光で身を浄《きよ》め、小さな花たちが沐浴《もくよく》をはじめる気配が、山ぜんたいを気流のように包みこんでいた。

——いちばんよごれているのは、このあたいじゃ。

おノンは、ふうと息をついて、そう思った。

この前の大地震で、傷だらけ灰だらけになって、死にそうになっていたのに、奇跡のようによくなって、黒いやわらかい和毛《にこげ》も生えはじめていたが、すっかりきれいになったわけではない。

——山かげのすみずみを愛らしく照らしている、よめな菊だの、梅鉢《うめばち》草だのにくらべると、あたいなんぞ、あしのうらのちょぼちょぼまでまっ黒で、あの黒岩のかざりにもなりゃあせん。

と自分のつま先をみつめておノンは思った。

——人間が誰も来ない日の山祭りに、招《よ》ばれて来たのも気がひけるくらいのもんだがや。山とは昔からの親戚じゃし、来ないわけにはゆかんのじゃ。

と思いながら、いっしんに沐浴《もくよく》中の花々の、邪魔をしないように気をつけて、いつもの黒岩の上に登った。

——黒衣《くろご》の祭典長とかいわれてさ、恥ずかしいったらありゃしない。

沐浴《もくよく》を終って、絹のような紫色の花びらを、まるでスカートをたたむようにして、身づくろいしているりんどうをみながら、岩に登るときのくせで、背中をもちあげてあくびをした。

――でもねぇ、ここに来させてもらうと、こう、なんというのか、心がゆったり、ひろびろなるんだよねえ。

そう思っておノンは坐《すわ》りこんだ。

――あんまりあたいが早ばや見回ったりすると、みんなの祭り支度をせかせるみたいで、全体がぎくしゃくなるからね。ここの岩の上に、いるかいないかぐらいにしておれば、みんなも、ちらちら眺めて、自分の役目をするわけだしね。

おノンは根子《ねこ》岳の方角をながめた。ぎざぎざの頂をしたこの山も、大地震の原因だった中岳《なかだけ》も、烏帽子《えぼし》岳も高岳も、みんなすっぽりお椀の中にはいり、中岳はあいかわらず噴煙をあげていた。お椀の中には原野がひろがり、白川と黒川が流れている。滝だっていくつあることだろう。温泉もあちこち湧いて、山仕事や田んぼ仕事のあいまに、腰の痛くなった婆さまたちが、年に一回くらいお湯にはいりにゆくのをおノンは知っている。まったく、たいした大地のお椀ではないか。

小さな村をあちこちに抱いた台地の縁が、今日はとくべつふうわりと優美にみえ、まるで神さまの衣を着せられて横になったような姿なのは、あの尾根この尾根に咲きそろった芒の尾花のせいだ。村々の屋根は豆粒ほどになって、うすい霧の下に沈んでみえ、原野ははるか遠くまで、やわらかくけむっている。

陽《ひ》いさまがちょうど、有明《ありあけ》の海の方に傾きかけたのだろう、逆光になって、おノンのいる黒岩のまわりの芒も、一本一本、何か神聖なしるしのように、音もなくかがやいて浮きあがっていた。何千、何万の尾花だろう。見渡すかぎりの山の中腹や原っぱに、傾きかけた陽いさまの逆光をうけ、外輪の尾根にそって漂いながら、波うち、発光しているのだった。

——ああ、美《よ》かながめよ。

おノンはつぶやいて、片っぽだけの目と、鼻のまわりをていねいに拭いた。岩を包んでいる白い穂から、光の箭《や》が幾筋も幾筋もさしてきて、おノンの黒い躰《からだ》を撫でておった。風は珍しくあんまり強くなかった。ごろごろにゃご、ごろごろにゃごというような声が出る。深い感情のときに出る声だ。いつもみなれているのに、今日はまたこの黒岩の一帯が、とくべつ神々しい景色にみえる。目をほそめているうち、なんともいえないなつかしい感情が陽の光とともに躰にみちてくる。すると、目の下のカルデラ地帯が、じわっと大きく動いたようにみえた。

——や、これは。

おノンはきっと首を立てて、片っぽの目をすぼめてみた。するとやっぱり、今さき身じろいだ大地のお椀の形が、だんだん色を変えはじめたのである。おノンは思った。

——ひょっとすると、これは、むかしむかしの時間の中に、戻ってゆくのだにゃか。

白いうす衣《ぎぬ》をまとってやわらかく発光していた尾根は、みるみる緑色にうねりはじめ、はげしく渦巻きながら、青や橙色《だいだいいろ》の靄《もや》をカルデラの中に湧き立たせている。硫《い》黄《おう》の匂いのようなのが鼻につんときた。空はたちまちまっ黒くなり、もの凄い稲妻が空の奥から放射されてくる。おノンは思わず黒岩から跳びおり、芒のかげに身をひそめ、耳を伏せた。自分の目が、稲妻の光をやどして底光りするのがよくわかり、おノンはかーっと息を吐いた。大地ぜんたいに叩きこむような雨がきた。しかしそれもやがて静かになって虹が立ち、靄の下から真珠色の湖があらわれた。洗いあげたようなまっ青の大草原がひろがっている。

波立っている青い靄をすかしてみていると、尻尾のようなのがいくつもみえる。それはたいそうのんびりした動きだった。ひょっとして恐竜ではないか。おノンはふたたび岩のてっぺんにかけあがってあごをひき、そしてのびあがった。すると耳の中の毛がふるふるして、何かを受信する様子である。しばらくすると、もっぐもっぐと草をたべながら啼《な》き交《かわ》している声が聞こえてきた。なんともそれは愛らしい声である。

そう思ったとたん、飛天峠の黒岩にいるおノンの気持も、虹のとけてゆくような時間を逆さにのぼって、いつのまにかおノンは、そこらでいちばんでっかい恐竜の背中の、ぴらぴらの上にかけのぼっていた。

恐竜の背中の上は出来たての空気だった。何しろ見渡すかぎり草千里《くさせんり》だ。手には耀《かがや》く白い尾花をかざしていた。

ミャオーウォーという声がおノンの躰の奥からほとばしり出た。山よ、走れと言ったのだ。恐竜たちが走り出した。ミャオーウォー。

恐竜の山が走る。黒猫を乗せた山が走る。

——おお猫と恐竜はおんなじだにゃ。

走る走る。芒《すすき》の尾花が手に光る。時間の原野だ、海だ。走れ走れ、泳げ泳げ、泳いで渡れ。エイヤエイヤ、ミヤオーウォー。

恐竜は嬉しい。おノンは踊りあがる。恐竜たちが草地に転がりはじめた。おノンもくるくる転がってゆく。恐竜たちは黒くなったあちこちの熔岩《ようがん》のデコボコにとりついて、くうくういいながら甘噛《あまが》みしている。まったくもう猫とおんなじだ。おノンはきゅきゅっとお尻を振って恐竜の前脚に突進した。

山のようなのがびっくりして立ちあがった。おノンはその前脚にぶら下がった。目と目がじわーっと合った。

――みゃお、今日は。美《よ》か日でござ申《も》す。

恐竜はびっくりして答えた。

――美か日でござ申す。お前さま、誰。

――飛天峠のおノンでござり申す。ぎゃおー。

――くふ、薊《あざみ》の毬《まり》のようなもんだじゃない、お前ちゃん。

恐竜は前脚を丸くして、そこにかじりついたおノンをしげしげとみた。

お前ちゃん、薊《あざみ》の毬《まり》、といわれておノンはすっかり喜んだ。それはとても愛らしい花だけど、葉っぱのイガイガが鋭くてとても跳びつけるものではない。お返しにおノンも言った。

——お前さまたち、山みたいで、楽器みたいじゃゃね。銅鐸《どうたく》のごたるよ。

——おやおや、わたしほんとに、ドウタクザウルスなのよ。

——やあ、これは驚いた。やっぱりそうなのね。

おノンは跳んで肩にのぼった。

——あっちで、もごもご石梨《いしなし》を噛みよるのは？

——あれは、ヒチリキザウルス。

——まあよか名前。あそこの樟《くす》の木にかじりついとる、ちっちゃな子ぉは？

——ああ、おなかをふるわせて啼いているのだね。ササラザウルス。

おノンの胸がふいにとくとくとくっと鳴った。ササラとかヒチリキとかいえば、胸がずきんとするのはどうしたことか。誰もめったに聴いたことのない、遠い昔の音色が、どこかでひとりでに鳴り出す気がするからだろうか。おノンはなんだか喉が震えそうになって、ドウタクザウルスの首すじに自分の首をすりつけた。こんな山みたいなでこぼこした躰の奥の奥に、ひょっとすると誰も聴いたことのない美しい音色が、隠されているのではないか。

耳の中の毛が、海辺の葦《あし》むらのようにそよぐのをおノンは感じた。古代の原野の、真珠色の湖のかたわらで、自分で鳴り出す銅の鉦《かね》、自分で鳴り出すヒチリキの笛。

——ああそれで、空がこんなに青薔薇《ばら》色にひろがって、雲が静かに寄ってくるのかや。じっさい雲は西の方にどんどんひしめき、誰もつくることのできない模様の緞帳《どんちょう》になってひろがりつつあった。ザウルスたちのシルエットはいっせいに天を仰ぎ、飛天峠からおろしてくる風の最初の合図で、原野はこの世のはじまりを演奏しはじめていた。大地の中のひくいひくい声が、あちらのすみからもこちらのすみからもせりあがってくる。あとはもう何というのか、天の声がやわらかく歌い、大地がさまざま物語るような時間がつづいた。そして、はっと気づいたら、その大切な時間はもう、尾花の色で織ったうす靄の中にとじこめられて、ザウルスたちのものがなしい声のひびきだけが耳の奥に残っていた。

おノンはいっしんに走り出していた。いったいどこへ向って走るのだろう。なぜ走るのかよくはわからなかった。たださっき聴いた大地の中のひくいひくい声が、おノンを促しているのかもしれなかった。

いつか世界が濁ってしまう日がくる。その日のために、誰も知らない大切な場所に秘されている、かそかな美しい音を、今のうちに聴きとっておきたい、と思ったのかもしれなかった。空気がだんだん赤くなってくる。目が眩《くら》んで、世界は赤い渦巻きになってきた。

勢いがついて止まらなくなり、渦巻きの中に、おノンは大きく弧をえがいて跳びこんだ。

地震だ、あたいは地震だといいながら東に跳び西に跳んだ。われながらたいしたエネルギーだ。そうだ、あのものがなしげに啼いていた恐竜たちの身震いがぜんぶ、この黒猫さまにとりついたのじゃぞうと思う。むかしのむかし、ずうっと遠いところから、なぜかはわからないが、どっどっとやってくる哀しみのために、片っぽだけになった目が青く透きとおって、おノンの躰は炎の中心をめざしながらぐるぐるえぐれこんでゆく。

小鳥たちの啼く声が、とても遠いところで聞こえていた。

あたいはもう溶けてしまったのかもしれないにゃ、たった一つの目だけになって。だけどもう、この一つっきりの目は溶けないのだ。生命を燃やす炎の中心にはいったのだから。

燃やせ燃やせ、いのちを燃やせ、自分を燃やせ。

目だけになっておノンは思う。役目だ役目だ、いのちの奥を燃やすのが、あたいの役目だ。

炎の奥からおノンはみていた、遠い高い空を。あれこそは、むかしからずうっと変らない、宇宙の永遠というものだ。そう思うと、おおきなおおきな、空ほどもある掌《て》が、自分を包んでくれているようで、とろとろ、とろとろ、瞳孔《どうこう》が糸のように細く閉じてゆくのがよくわかった。

そしてやがてそんな眸《ひとみ》の上を、花びらだか雪だかが、ゆっくり流れて行った。夢のようにおノンは思った。

——ああ、ひょっとして、この景色は創世紀だかにゃ。さすればあたいは、創世紀の猫だかにゃ。

しんしんと通ってゆく雪の花びらの下で、ちぢれこんでいた片っぽの耳が、もやっと動いたのをおノンは感じた。おや、ついこの間まで、耳があったのじゃと思う。耳の先は快く冷えはじめ、ぴくぴく何かが動く。尻尾が動いているのだと気づいたら、もとの黒猫にもどっていて、黒岩の上に寝ていたのだった。おノンはふうと息をついた。岩はまだ充分暖かみを保っていた。中生代《ちゅうせいだい》よりも白亜紀《はくあき》よりもずうっとむかしに、火口から飛び出した熔岩《ようがん》だったのだ。そのむかし、火の塊《かたま》りだったからね、こんなにお腹もあったまるのにゃ、とおノンはのびをしながら、ぶるぶるっと何百万年分だか頭を振った。

むかしむかしの時間の中を通ってきたせいか、何でもききわけられる気がした。今夜あたり、ここらの台地を創られた神さまが来られる予感がする。もうさっきから、それを知らせる風が流れてきているのだ。斜面の小さな花々が、かげのさしはじめた陽いさまの光を、お返ししはじめ、身をひくくして慎んでいるのがわかる。鼬《いたち》たちが両手をすり合わせ、穂芒の間にのびあがっている。お迎えの役目で出て来たのだ。

――ああそれで。

とおノンは気づいてほっとした。おノンにさえも登れない岩がひとつ、すぐそばに頂上をせり出してそびえている。そこは神さまの場所だったのだ。

――ご無礼はないか、みてまわろ。

おノンは耳を立て、背のびしようとした。なにかそのとき聞こえた気がして、背のびが中途半端になった。

ぎゃ、ぎゃ、としゃがれたようなかすかな声が、たしかに聞こえたのだ。つづいて、落葉だか草の葉だかを踏む、かろい小さな足音がする。

――鳥の子かにゃ、虫の子かにゃ？

ぎゃ……ぎゃ……。喉《のど》のつぶれた、虫のような声が近づいてくる。かさっ、かさかさ。

――木の葉っぱかにゃ。まさか、ねずみの子じゃあるみゃあにゃ。

おノンは耳を根子岳と内大臣の山の方にうごかして、うっすらと片目をあけた。

このかいわいのカラスなら、おノンのいるところには、おそれをなして近づかない。

けれども、親にはぐれたちっちゃな兎《うさぎ》や、鹿や子狐が遊びにくることもある。

——おお、来たか、来たか。

と、そんな時には目もとが細くなってしまう。つぶらな目をぱっちりあけた子猿なんかが、芒の穂をかきわけて首を出したりすると、それはもう可愛らしくて、じーっとみつめあい、お互いちょっと隠れてみたりする。

よっぽど小っちゃいのが来たなと、鼻で嗅ぐようにして、繁みのかげに目をくばっていたら、鹿の踏みしだいて通った野菊の間から、やせた蕪《かぶ》大根のような顔をした小っちゃな猫が、よたよたと出て来たのにはおどろいた。おノンが見下ろしているのも気づかないらしく、岩の根元までくると、へたりとうずくまってしまった。思わず、

——あや、どっから来た猫かにゃ。

と声をかけると、頭をぐらりと落っことしそうにゆすった。それにしてもずいぶん汚れてみすぼらしい。目のふちがまるで溶けてしまったように薄赤くなって、睫《まつ》毛《げ》も

目やにで濡れてくっつき、みられたものではない。自分がいったいどこにいるのか、わかっているのやら、子猫は片っぽの前脚を、手招きするように小さく丸め、濡れてくっついた目と鼻の先を拭くようなしぐさをはじめた。けれども、片方の前脚だけでは躰をうまく支えられないらしく、何だかゆらりゆらりとしているのをみれば、小さな躰にくらべて、頭が重すぎるのかもしれなかった。

おノンはそれをみるともう、ひと跳びに岩から下りて、子猫のそばにかがみこんだ。

——おう、おう、どっから来た子かや。おまえまあ、そういう小ぉまい手えして。

と言おうとしたが、よっぽどびっくりしたのだろう、子猫は顔を拭きかけた片手を上にあげたまんま、喉のつまった声をあげ、ころんと草むらの上にひっくり返ってしまったのである。お腹が白かった。びっくりしたのはおノンの方だった。

——ややや、こりゃしもうた。跳び方が悪かったかや。

白いお腹が野菊のかげでふくふく動いた。気絶したのだろうか。おノンは手をさし出してあわてて爪をひっこめ、薄い毛の生えているお腹にそろっとさわった。ふっくふっくと息をしている。生まれて二十日ばかりだろうか。

――こげに小さな者をびっくりさせて。ごめん候《せろ》、ごめん候《せろ》。ほら起きろ。

おっかなびっくりの手つきになって、おノンは子猫を、もとのように坐《すわ》らせようとした。仰向けにひっくり返ったので、気絶したかと思ったが、子猫はちょっと息がとまったくらいだったのだろう。おノンの胸毛がふわりと鼻の先にさわると、躰をふるわせ目をあけた。焦点の合わない眸に、ももいろの膜がかかって、瞳孔がひらいたりしぼんだりしていたが、やがて、見下ろしているおノンの眸を探し当てたのだろう、ぎゃ、ぎゃとさっきよりもかよわく、切なそうな声を出した。それからいきなり、小さな両手がもどかしそうにすがりついてきて、ごろごろにゃ、ごろごろにゃと続けさまに喉をならし、鼻のつまった虫のようなかすれ声で、啼《な》きはじめたのである。

おノンはすっかり、おろおろしてしまった。こんな子猫にすがりつかれるなんて、まったく思いもよらなかったのだ。これまでいろいろ、山の小さなものたちと遊んだことはあったが、こんなふうに、胸や足にすがりつかれたことはなかった。

いったいどこから、こんな小っちゃな猫が迷いこんだのか。ひょっとして、この岩場に来る鷹のうちの誰かが、麓《ふもと》の村からつかみあげて来たのではないか。よくまあ、餌にされなかったもんだ。おノンは頭のとっぺんから、しゅっと白い煙がたった気がして、岩場をみあげた。

——よし、今日からかわいがってやる。あたいよりも強か、よか猫に育ててやる。

おノンが黒岩の上にいるのを最初にみたのは、センブリ採りのお笹ばあじょだった。センブリ草のあるところには、二つの尾根でも三つの尾根でもこのお婆さんは風車が舞うように越えてゆく。胃腸の痛くなった人は、すぐもうあの苦さも忘れて、ばあじょの持っているセンブリ草の香りを思い出す。

センブリのいっぱいつまった袋を背中にして、羊歯《しだ》山から出て来るお笹ばあじょは、こんな風にいう。

――よんべは、飛天おろしの、山じゅう吹いたろが。それでおノンがまあ、あの峠におったがや。ここから五里はある山ぞ。

そしてうす暗がりで、ひょいと背中をこごめ、袋をみせて、ふっふと笑う。

――おかげで、よかセンブリのうんととれた、ほらな。

夕昏《ゆうぐ》れの、青いヘゴ羊歯《しだ》をくっつけた、ばあじょの白い髪が、おノンのことをいうとき、いつも額の上でふわりと泳ぎ出す。人びとは、夜じゅう吹きめぐる飛天《ひてん》おろしに乗って、青色の片目を燃やしながら走ってゆくおノンの姿を、幾通りにも思いえがくことができるのだった。

＊＊＊

はるか西の方、有明の海の上にあった陽いさまが、雲仙《うんぜん》岳の肩の上に、かたむいていらっしゃった。

飛天峠をおおきくめぐる、馬の背中のような峰々の襞《ひだ》に、ふかい藍紫《あいむらさき》のかげがさしている。見渡すかぎり咲きそろった全山の尾花が、夕陽の残照を吸って、海原の波頭のようにうねりながら光っていた。

あたりが冷えはじめる。

ねむりこんでしまった小っちゃな三毛猫の上に、おノンは枯れた山ほおずきの葉っぱだの、刈萱《かりがや》の葉っぱだのを何べんもくわえては、かけてやった。

草藪《くさやぶ》の間をひょろひょろと歩いてきたときより、自分の首を抱いて、足の先にくっつけている今の寝姿のほうが、ふっくらしてみえる。

頭ばっかりごろんとして、まるでできそこないの蕪大根《かぶだいこん》だった。それがいきなり、小さな木のスプーンみたいな両の手で、おノンの胸を叩いてかじりついてきたのだ。

おノンはからだ中の血がじゅうっと音を立てた気持がして、子猫をかき抱《いだ》いてしまった。死んだ子が戻ってきたと思った。おノンはむかし三度ほど赤児《やや こ》を産んだことがあるが、どういうものか、大きくならないうちに死なせてしまった。ほかの猫にくらべて、自分はとくべつ気性が荒い。育て方が下手で、死なせてしまったのかもしれないとおノンは思うことがある。

たとえばおっぱいを呑ませているとき、くさぎの木の枝から鼬《いたち》がのぞいていたりする。すると、どうしようもなく、狩の本能がふつふつ湧いて、乳首をくわえさせたまんま、爆発する石のようになって跳び上ってしまう。子猫は宙に跳び上った母親の乳首から、棘藪《いげやぶ》の中にふり落とされる。ほかの猫ではつとまらない、山の神さまの使い猫になったのも、じつをいえば、わが子を次々に死なせて、いつも身軽でいるからだ、とおノンは思う。

人里にいる猫たちがおノンをおそれて近づかないのも、淋しい気がしないではない。

だからといって、いまさら人里におりてゆく気もしない。ただ、お葉《よう》と爺さまの渡し場はべつだった。

山風がごうごう鳴る夜など、黒岩の上にかけのぼって耳を立てる。青色の片目をらんらんとみひらいて闇の中をみると、草木が、頭をまるで地面に打ちつけんばかりに身をよじり、波立ちさわいでいる。すると躰の奥の方から、山の夜風とおんなじような黒い風がごうっと吹いてきて、おノンはかーっと咽喉《のど》の奥から息を吐く。

しかしそんな気分になるのは、雪嵐が来そうで、半分欠けたお月さまの下の端が、ぼおっぼおっと雲にかかって崩れ、雪煙をあげるようにみえたりするときで、躰の中を黒い風が突然吹きめぐるのはどうしようもないのである。

けれども春になって、山々がやわらかい草木におおわれてくると、おノンの中の野性も溶けたようにおさまって、はげちょろだった毛並みがうっすらのびてくるのだった。

なによりも陽いさまの光が、地肌にやわやわとさしてくるのが、おノンの気持をなごませた。

雨風の吹きまくる夜や、雪嵐の夜になると、気持が、さびしい猛獣のようになって、からだ中から青い炎がゆらゆら立ちのぼるのはどうしたわけだろう。そういう晩のことだけれども、おノンにはじつは、神さまだけが知っていらっしゃる哀しいことがひとつあったのだ。

その晩もものすごい飛天おろしがやってきた。

あたりの棘《いげ》の木や枯れた茅草が、空に持ちあげられては、斜面にあたってもみ返されていた。雪をかぶった原野は見渡すかぎり、白い泡が沸騰して渦巻く、海のようなありさまだった。

野いばらの繁《しげ》みの根元に、枯れた蓬《よもぎ》草を集めて、おノンは生まれたばかりの赤児《ややこ》を胸にかき寄せ、あたりの景色に気をくばっていた。

広い原野の窪《くぼ》みや峰の斜面の藪かげには、生きものたちが巣穴にひそんで、息を呑んでいることだろう。山の生きものたちのことを、おノンはだいたい知っている。おノンが今いる場所にも狐の子の尿の匂いが残って、つい四、五日ばかり前まで、おノンの知っている狐の、だれかの子が居たにちがいない。

小っちゃな目をつけた地面のきれはしが、ふいにゆったり歩き出すようなワクド蛙だの、夕方、ドングリの枝に止まると、木の瘤《こぶ》そっくりになるモマコウモリだの、蜘《く》蛛《も》の糸に似た足を何十本もつけて、小さな自分の躰を煙のように運んでいる虫だの、雪嵐の下ではどんなふうに息をしているのだろう。ワクド蛙は穴を掘って冬眠しているから、こんなおそろしい晩があるなど、夢にもしらないだろう。

ぐびぐび乳首に吸いついていた、暖かい子猫の口がときどきはなれた。上手に吸えないのだ。目もまだしっかり開かないで、小っちゃな鼻の先を天に向け、まるで糸を吐く蚕《かいこ》のようになって乳首を探して、鼻先が乳首に当たるたび、おノンはだんだん躰が乾《ひ》あがってゆく気がした。お乳が出なくなったのだ。冬の山は食べ物が極度に少ない。その日おノンはお腹になんにも入れていなかった。

もやもや動く脚で、子猫はおノンのお腹の毛をかきわけながら、虫みたいな声で啼いた。

たえまなく荒れ狂っていた風がぱたっと止んだ。赤児猫《ややねこ》の声が、隣りの栂《つが》の木の枝に避難しているこうぞう鳥の、梟《ふくろう》婆さんの耳に聞こえた。

(よっぽど、乳が足りんのじゃ)

お婆さんは雪あかりの中に、目を光らせて立ち上がったおノンのお腹の下をみた。

(おや、たった一匹かえ。一匹ならば、育ちにくかろう)

おノンが雪の上を走り出した。

(やれやれ、何かありつけるかのう。こげな晩に、たった一匹をば、ふり捨てて行かにゃあならんか)

やがてお婆さんのいつもの声が、原野を走ってゆくおノンの耳にもとどいた。

去年《こうぞう》　ほうほう
去年　ほう
ゆく年ゃ
寒《さあ》む　寒む

自分の躰をせいいっぱいふくらませて笛にしているような、台地の隅々までじんわりしみとおる声だった。それを耳にするとおノンは、運命をふれてゆく神さまが通られた気がして、後ろを振り返ることができない。思わず立ちどまり、こうぞうほうほうという声に促されて、さあゆけ、と自分に言い聞かせるのだった。

乳を欲しがって赤児猫が待っている。食べ物を探して早く口に入れてやらねばならない。めったにない雪の晩だから、いつもはねぐらで口をもぐもぐさせて眠りはじめるものたちも、あっちからそろり、こっちからそろりと首をのばし、しろしろ輝いている雪の中へ跳ね出したくなっているのではないか。一匹くらい、頂戴したいものだ。鼬《いたち》の影だの、兎の影だのが走ってゆくのを何度もみかけた。彼らもなにか探しているが、自分が狙われないように要心をしてすばしこかった。

(今夜は、勘が冴えん)

おノンはそう思いながら走っていった。その頃おノンの手足は今よりもっとしなやかで、岩の上から弧をえがいて跳ぶときなど、渡し舟の上から見たことのある人たちなら、ほおっと声をあげて腰を浮かしていたくらいだ。

それでも、どっとやってきた雪嵐には、いくら山猫でも、躰がなれていなかったのかもしれない。

(あたいにも、ほかの猫並みに、小っちゃいのが出来たというのに、おかしなあんばいだよ)

そんなふうにおノンは思った気がする。片っぱしから狙った獲物をとり逃がしたあと、雪になれてきた目に、一本の黒い紐のようなものが動いてみえた。縞蛇《しまへび》ではないか。

初雪のこんもりふくらんだ草の間に、たしかにそれが動き、向きをかえてとまどっている。ふだんならば蛇なんかには目もくれないおノンだが、今夜の雪の荒れかただと、明日も食べ物がみつかるかわからない。ぜいたくは言っておれない。今度はやりそこなうまい。

おノンは呼吸をととのえ、草の間に動いているものを狙って、後ろ脚に力を入れ、一気に跳んだ。雪煙が上がった。かぶりついた。とたんに目の上にガチーンと固い鞭《むち》のようなものがきて、目に火花が散った。しまった、と思ったときは獲物をはなしていた。尻尾でやられたのだ。

口の中に苔《こけ》の匂いがした。口からはなしてみると、その細長くて曲がったものは、とてもおノンが思ったような食べ物ではなかった。それは縞蛇《しまへび》ではなくて、枯れた木の枝だった。ぐるぐる曲がっているので、藤の蔓《つる》にちがいない。

（誰か、みていなかったかしらん）

おノンは一瞬、上目遣《うわめづか》いにそこらを見渡した。

＊＊＊

残してきた子猫のことが気になった。今夜中に何か見つかるだろうか。思いがけなくお笹ばあじょの名が出てきたもので、麓《ふもと》の渡し場の、お葉の家を想い出してしまった。あそこの囲炉裏《いろり》では、あったかい火のぐるりに川魚の串が何本も立てられて、香ばしい匂いがしていることだろう。フナだのハゼだの、赤くなった川の海老《えび》だのが、よい味になっているにちがいない。ああなぜ、お葉の家の小屋で子猫を産まなかったろう。いぜん大怪我をして、お葉の爺さまに助けられ、手厚い介抱を受けたことがある。化け物のようだった顔や躰がつやつやと元の黒猫にもどったのは、あのとき食べさせてもらった囲炉裏の魚のおかげだった。山猫になってしまっているので、火で焙《あぶ》った魚などそれまで食べたことがなかった。

おノンは一散に走りだした。

赤児を連れて麓に下りよう。お葉の家ならば、食べ物ももらえるにちがいない。そう思うと胸がどっとあったかくなって脚が躍《おど》ったが、あいにく横なぐりの雪が吹きつけて目がくもり、子猫のところへはなかなか着かなかった。

枯れ草をたくさんかけてくるんでおいたけれども、長い間ひとりでほおっておいてひもじかったろう、淋しかったろう、凍えてはいないか。出がけにも乳首に吸いついてきて、啼いていた。

まだ猫の赤子になっていないあわれな声で、生毛《うぶげ》もちゃんと生えていないのだ。だんだん不安になった。雪をはね返して走った。やっとぐみ林が見えてきて、おノンは野いばらの繁みにとびこんだ。枯れ草の巣は冷えきって、なんとしたことか、その中にはなんにもいなかった。

おノンは気が狂ったようにそこらじゅうをひっかきまわしたり、嗅ぎまわったりした。巣から五メートルばかり離れたところに、雪まみれになった鼠《ねずみ》の仔《こ》ほどな躰が、丸くちぢこまってころがっているのを嗅ぎ当てると、わあおーんというような声を出して、おノンはわが子をくわえ、巣の中に連れ戻した。それから、おろおろ腹の下に包みこんだ。

「寒かったろ、淋しかったろ、ひもじかったろう」

赤児はひと声も啼かなかった。

「あれ、啼かない。啼いてくれ、啼いてくれ、虫の声でもいいから啼いておくれ」

つぶった目の上を大急ぎでなめてやり、鼻のところも咽喉もきれいにしてやりながら、おノンは言った。

「今夜はね、苔《こけ》を食べてきたんだよ。苔しかなかったんだよ。おっぱいが、ちっとは出るかもよ」

すっかりひっこんでしまったお腹を赤ちゃんにぴたっと押しつけて、必死で暖めた。蕨《わらび》の芽のような、四つの手足が固くちぢこまったまんま、動いてこない。雪の外気の冷たさよりも、お腹の下で小っちゃな躰が、暖めても暖めても冷たくなってゆくのが、おノンを震えさせた。

ああ、こうしてはおれない。早う千松爺さまのところに連れてゆかなくっちゃ。おノンは雪をはらいのけて起き上った。赤児の躰は、まだ少しやわらかだった。

＊　＊　＊

光をおさめて赤くおおきくなった夕方の陽《ひ》いさまが、海のむこうの雲仙岳のかげに沈みかけていた。いつもはぼんやり見える島原半島の山並みが、茜《あかね》色に染まった空に、くっきりしたシルエットになってせりあがっている。おノンはそんな夕映えに向きあっているうちに、なにかかすかな、きれいな音をきいた気がした。音というよりもそれは、雨がくる前に先触れのしずくがひらりと落ちたような、空の中ほどに湧いた、ごくかそかな気配だった。

見あげると、空はもうふたつの世界になっていた。朝、陽いさまが昇られた東の方、九州山地の上はもうすっかり暗くなって、祖母山も傾《かたむき》山の方も、濃い夕闇にとざされているのに、西の島原半島の上空はまだ青々と透きとおり、地平の上のまっ赤な茜を溶かしこんで、かがやき渡っている。その下に普賢岳《ふげんだけ》がくっきり浮き出ていた。

おノンはあの夕茜《ゆうあかね》の有明海では、魚たちの目も、紅瑪瑙《あかめのう》の色になっているにちがいないと思う。

陽はまだ沈みきってはいなかった。さっき聞こえた、青い夕闇がどこかでひらりと色を変えたようなかそかな音は何だったろう。

――そうじゃった、ああ忘れるところじゃった。わたしは今夜の祭りの祭典長じゃった。いやいや、忘れちゃあおらん。

おノンは呟いて、沈みかけている陽いさまを見送った。なんと神々しい空の色だろう。なんだか泪《なみだ》が出そうなくらいだ。雪の湖をまた思い出した。死んだ赤児《ややこ》が、まぶたを陽いさまの方にむけてとろとろつぶり、夕空をゆっくりまわりながら帰ってゆくのが見える。

そう思ったときおノンの胸の下で、ちっちゃな暖かいものが、もこもこ動いた。昼すぎこの飛天峠に迷いこんで来た、あの不恰好な子猫が、睡《ねむ》りこんでいるのだ。

思わずその頭と首を抱きなおしておノンは呟いた。

――そうじゃった。あたいは黒衣の祭典長じゃ。

そして空を見あげ、睡っている子猫に語りかけた。

——こういう美か日《よ》に来るちゅうは、おまえはきっと、祭りに招ばれて来たわけじゃろう。

今度あの、ひらりとした音がまた鳴りはじめたら、わたしはもう行かずばなるまい。

おノンは大急ぎで、しかしていねいに子猫の躰をなめてやった。目やにのついたまぶたのまわりも、ゴマ粒のくっついたような鼻のまわりも、耳のつけ根も、首のうしろや顎《あご》もきれいにしてやった。子猫は頭をあっちにごろり、こっちにごろりとさせ、ピンク色のちっちゃな口を一ぺんあけたが、睡ったまんま、喉を鳴らしはじめた。

あらためて眺めてみると、赤い赤い夕映えの中で、埃や目やにで汚れきっていた野良猫の子が、なんとも綺麗な、上等の猫になってきたではないか。

——ふーむ、これはまた、なんちゅうまあ、美《よ》か猫になったもんじゃろう。

枯れた草むらに肘《ひじ》をついて、おノンは子猫の躰をあちこち嗅いでは、息を吹きかけてみる。睡りこんでいる白い口ひげがふわふわ動いて、鼻先にさわる。くすぐったくてくしゃみが出た。そのときまた、あのかそかな音がはっきり聞こえた。おノンは起きあがった。

陽いさまの端っこが、きらきらうごく金輪《かなわ》のように、普賢岳の肩にひっかかっている。睡っている子猫をちらりと見て、おノンはきゅっと片方の耳を立てた。

そして、さっきから見ないように気をつけていたマユミの森の方を、ぱっと見た。ああやっぱりそこは、神さまの森にちがいなかった。

＊＊＊

これはいつ頃の森だ、とおノンは考えていた。恐竜のところまで往《い》ってきた経験があるものだから、たいていのことにはおどろかない。さっきより少しは明るくなっているようだったが、昼ではなかった。

そのときあたりのうす闇をかき乱して、大きな鳥の影が、羽音とともに目の前に降りてきた。脚《あし》に何か小さなものをつかんでいる。白い生きものだ。鷹《たか》は、岩の上にその生きものを放して羽根をおさめ、首をのばしながら、無表情におノンの方を見た。ガラス玉を張ったような目だ。

あや、山の神さまか。ふいの出来ごとでお辞儀を忘れた。背中がずうんとした。なんだかいやな感じだ。神さまじゃろうかほんとうに。にわかに疑《うたぐ》りぶかい気になって、おノンは岩に置かれた生きものに目をやった。せっかくの美か晩に、いけにえを祀《まつ》ってみせるのかや。あんまりよか神ではあるみゃあな。そこで食うつもりかや。

岩の上に転がされた生きものが、そのとき小さな手足をのばしてあくびをした。背中が冷たかったのか躰をちぢめ、何かを探すように両手で前を掻《か》き、くるりとこちらを向いた。ああ、あの蕪大根《かぶだいこん》！　いやさっき秋草に包みこんで寝かせてきた子猫だ。

おノンはとびあがった。そのままびゅうっと岩の上に突進して子猫をくわえ、馬酔木《あしび》のかげにとびこんだ。がばっと抱き寄せ、おノンはその上に覆《おお》いかぶさった。みゃうーんと、胸の下から寝呆《ねぼ》けた声がした。

——おまえね、寝呆けている場合じゃないよ。

そう言いかけたが、胸の下でちっちゃな頭が、もこもこぐいぐい突きあげてくる。おおよしよし、危なかった危なかった。どこからそんな力が出るの。

子猫にかぶさっておノンは、祭典長だなんてやめた！　と思いながら、全身の毛を逆立てた。自分の躰が二倍にも三倍にもなった気がして、鷹の吐きつける息をはね返すとぎゅぎゅっと尻をふり、狙いを定めた。赤濁りした沼がひろがるように、鳥の目が見おろしている。

おノンは一つしかない瞳孔をじわっと細め、まっすぐに鷹の目の中心に当てた。そして細めた瞳孔《どうこう》の奥に、この世がはじまるときのような、あの火柱が湧くのをじっと待った。徐々に瞳孔はひろがりその中心に、沈んだばかりの陽の光がちらっと点火された。その瞬間、緑色の強い光線が一気に鷹の目にむけて発射された。同時におノンの口は鷹の喉笛《のどぶえ》に喰いこんでいた。おノンをぶらさげたまま、鷹は激しい羽音を立てて一メートルばかり飛んだが、すぐにあの平たい岩にぶつかりながら、地面にずり落ちた。少しばかりの羽毛がゆっくり、広場の上を舞った。その風の続きのように、軽く軽く尾花の穂がゆれる中で、子猫はやっと目をさましたところだった。

来たときにくらべれば、まるで生まれ替ったみたいに白くなり、すずしげな眸をぽっとあけ、不思議そうな、ひどく真剣な顔つきになって、何かを見つめようとしていた。鼻の横に小さな黒いほくろがひとつあった。

おノンが子猫を連れこんだ藪の上は、りっぱな馬酔木《あしび》が盛りあがり、それは小さな壺の形をした蕾《つぼみ》が、白い房になって幾重にも垂れていた。形のよいたくさんの葉っぱが重っているせいで、そこはまるで、お釈迦《しゃか》さまが童子《どうじ》でいらっしゃった頃、やすまれた帳台《ちょうだい》のように見えた。

——おまえ、無事だったかい。

岩の上に横たわったまま、おノンはかすれた声で呼んで、ふーっと息をついた。子猫はむっくり起きあがり、ひらりと岩の上にとんでおノンの懐《ふところ》にもぐりこんだ。そして抱かれたまんま、まじまじとおノンを見つめながら、鷹にやられたおノンの目の上を、ちっちゃなちっちゃな暖かい舌で、そっと舐《な》めた。

そのときのおノンの気持をなんといえばよいだろう。

ああしあわせだしあわせだ、たった今死んでもしあわせだと思ったが、つぶされた目を中心に頭の中がぜんぶしびれていたのである。にもかかわらず、おノンはしあわせなあまり、気が遠くなりそうだった。こんな気持になったのは生まれてはじめてだ。いつだったか死にそうな大怪我《けが》をして、お葉と爺さまから、手当を受けたことがある。そのとき爺さまがこう言った。

――心配いらん。仏さまのご冥加《みょうが》に、逢《あ》わせていただこうぞ。

ああきっと今、仏さまのご冥加というのに、逢わせていただいている。そう思いながら、軽いやわらかい子猫の舌を感じているうち、おノンは気が遠くなっていった。

月はいよいよ高く、精霊たちの声がしばらくひそひそと聞こえた。やがて、白い子猫がすっと立ちあがり、浄《きよ》らかな眸《め》で、森の中をしげしげと見回した。月の光の下はぴたりと静かになった。子猫はすうっと見えなくなった。

＊　＊　＊

遠い山で法螺貝《ほらがい》が鳴っていた。あれは穿《うげ》の宮《みや》のごんの守《かみ》だ。どこで吹いているのだろうか、内大臣の山の方かしら。

このところ、しばらくごんの守《かみ》から便りがなかったが、法螺貝の音は山の中で行われている儀式のはじまりを告げていた。あ、内大臣ではない、猫嶽だ、猫嶽の儀式だ。わたしもそれに招かれているのだったとお葉は夢の中でおもう。紫色にかすんだ遠い山々が見える。あの山はおノンが往った猫嶽にちがいない。ごんの守《かみ》もあそこまで登ったのかしら。狐が飛ぶときは一日百里というが、速いもんだ。人間にはゆけない猫たちの山だというけれど、ごんの守《かみ》ならば往ってよいのかもしれない。

などと思ううち、お葉はもうそこに着いていた。あの黄金色《きんいろ》の目の光がさっと来て、一瞬のうちに運ばれたのだ。そこはたそがれ色の雲が浮き出ているようなマユミ林の広場だった。青い色の残る空に、早くも十三夜のお月さまが輝きはじめていた。黒い影が目の前をよぎった。おやと思って見直すと、それはおノンにそっくりだった。黒い毛並みの背中をかすかにうねらせて、広場の中をゆっくり突っ切ってゆく。思わず声を出した。

「おノン！　わたし、ここにいる」

広場のぐるりは少しざわざわしていた。おノンが立ち止まり、両耳をぴくぴくさせた。粉雪のような小さな白い花を、やわらかくまぶしつけた山紫苑《やましおん》の草があちこちの木の下で揺れていた。

ひと目でおノンだということはわかったのだが、どことなくいつもとはちがう。お葉がこれまで見なれていたのは、片耳の、片目の黒猫だったのに、月光の森の広場をゆったり歩いているおノンの頭には、両方の耳がぴんとついているではないか。いつ、右の耳が生えてきたのだろうか。ひょっとしてあの耳は、失くしてしまう前の、まだ若い頃のものなのかしらと思いかけたとき、おノンが何かを思いついたように振りむいた。片目だ！

やっぱりあの青い目だ。底の方にかがやく光がちらちらしている瞬《また》きでじっとお葉を見つめ、あの忘れられない声で「みゃおーん」と啼いたではないか。夜風にそよいでいた木々の梢《こずえ》や葉の動きがとまって、あたりがしーんとなった。それはやわらかい透きとおった天来《てんらい》の妙声《みょうせい》だった。〝天来の妙声〟というのは、龍玄寺の和尚《おしょう》さまがおっしゃった言葉だ。

思わず走り寄ろうとしたが、足がとまった。おノンの様子もまわりの気配もどことなくちがう。ここは人間の来たことのない猫嶽かもしれないのだ。よそさまへゆくときは、とりわけ慎みぶかくしなければならない、と爺さまにいわれている。お葉は衿《えり》をきちんとして、髪に手をやった。

それにしてもいま目の前のおノンは、頭から鼻の先まで蜘蛛《くも》の巣だらけだったり、躰中に枯葉の屑《くず》をくっつけたりして、高い枝の先から、くわえていた鯉を落っことしては村の人たちを跳びあがらせ、化け猫だとおそれられていたあの頃からすると、見違えるような姿である。やっぱり、ふつうの猫ではなかったのだ。月の光を浴び、黒い毛並みを沈めるようにして歩く姿の立派なこと。しげしげと見ていると、躰の色が時々底のふかい虹の色に変ったりする。ほんとうの凄《ずご》い化《ば》け猫かもしれない。爺さまに見せたいものだと、お葉はそれをいちばん残念におもった。

広場の奥まで進むとおノンは立ち止まった。そこここの木蔭をゆっくり見回すと、後ろ足で立ち上り、ぼおっとやわらかく光る扇を胸にかざした。お葉ははっとした。ごんの守から聞いていたあの花扇だ。月の光を全部あつめているような、軽い軽い白銀色の扇。それをゆらゆらさせながら広場の全体にお辞儀をして、おノンはあの声で挨拶した。

「では皆々さま、これより、十三年に一度のお山の祀《まつ》り、虹の宮お神楽《かぐら》を舞いおさめまする」

地震の前の日、お寺さまの鐘つき堂で騒動をやらかしたあと、おノンはふっつり見えなくなった。いつも傷だらけだったあの頃にくらべて、今の姿はまるで別の猫かと思うくらいだ。心にしみるようなあの声だ。

ふくふく温かいお腹や、やわらかな黒い毛並み、ぐるぐるいっていた喉のことを思い出して、泣きたいような気持になったが、たいそう立派なその姿を見ると、誇らしくも晴れがましくもあった。

しんとした黒い森のあちこちから、溜《た》め息の洩《も》れるのが聞きとれた。なにしろおノンの声といえば、あの和尚さまが「天来の妙音じゃ。極楽の迦陵頻伽《かりょうびんが》という鳥の声は、こういう声かのう」とほめられたくらいだったから、森の中のものたちが溜め息を洩らしたのもむりはない。おノンに少しおくれて、紅葉色の袴《はかま》をつけた小さな木の精たちが、羊歯《しだ》の扇を胸の前にひろげてお供している。虹の宮お神楽《かぐら》とはどういうものなのか。おノンの胸の前で揺れている白い扇が息をのむように美しい。お葉はごんの守と爺さまから聞いたことを次から次に思い出した。

猫嶽にのぼる猫たちのうちで、とくべつに位の高い猫には、長老さまから名誉のしるしに、特別の芒《すすき》の穂《ほ》で編んだ花扇をあたえられるというのだ。それは十三年に一回やってくる山祀《やままつ》りの、月夜のお神楽《かぐら》の晩だそうだ。おノンがふっつり姿を見せなくなって、爺さまがしみじみと言ったことがある。

「こうも長うに帰ってこんちゅうは、おノンはひょっとすれば、もう猫嶽にのぼったかもしれんぞ」

お葉はそのときたずねた。

「猫嶽ちゅうところは、遠か山?」

「よっぽど遠か山じゃろう」

「ここから見ゆる?」

「いんや、見えん、人間にゃあ見えん」

人間には見えない遠い山を目ざしてのぼる猫たちがいるという。おノンはどうもふつうの猫とはちがうと思っていたが、あの黒猫なら、そんな神秘な山にものぼりそうな気がする。山苺《やまいちご》の藪かげで死んでいる猫を見たことがあるが、爺さまのいうところによると、信心ぶかい猫は死ぬ前にその山にのぼるので、人間には死骸を見せないそうである。おノンが神さまだか仏さまだかを信心していたかどうか、お葉にはわからない。村の人たちは渡し舟に乗ったとき、「あれは魔性の猫じゃ。どうしてあれが、お葉と爺さまになついておるのか、よっぽど相性がよかとみゆる」と話し合っていた。

虹の宮のお神楽がいよいよ始まるらしい。さっきの法螺貝はそのことをごんの守が知らせたのだ。これはめったにないことに招《よ》ばれたものである。山の神さま方にご無礼のないように居させてもらおうと、お葉は身をひきしめた。

あれはたしか去年の秋だったか、ごんの守《かみ》から錫杖《しゃくじょう》を鳴らす合図が聞こえて、いつものマユミの木の下に呼ばれて行った。あたりは、ぼうぼうと波うつ芒の原っぱになっていた。そのとき、この狐が言ったものだ。

「おれもな、虹の宮のお神楽にゃあ、少なからず力を入れとる」

ごんの守はそういうと、大きい尻尾の先で、秋草の上をぽとぽと撫でた。

「ええか、いちばん大事なお神楽《かぐら》のおしるしは、花扇じゃ。わしらはそれをばつくるとぞ」

「花の扇、お前さまがかえ」

いかにもそれは綺麗なもののように思えた。

「そうじゃ、花の扇。特別の尾花すすきでそれをば作る。おれ一人で作るんではない。穿の宮のわしらの眷属《けんぞく》がつくる」

あんまりおごそかな口調だったので顔をそっと見た。この頃は山伏《やまぶし》になるのに飽いたのだろうか、素顔のまんまで逢うことがある。尖った細い顔の口髭《くちひげ》がほうほう光って威厳があった。心もち空の方を向いて「穿《うげ》の宮《みや》」というとき、ごんの守の口髭が必ずそんなふうに光るので、お葉は穿《うげ》の宮《みや》を桂のかげからのぞくとき、どきどきする。そこは釈迦院川の源流で、山のおなかへはいってゆく洞穴があるので、ごんの守の眷属の棲家《すみか》だと村の人たちは言って、中へはけっしてはいらない。

今、目の前に、おノンの胸で揺れている神秘な白い扇は、あの穴の奥の、狐の眷族たちがつくったのだろうか。たいした手づくりだ。お葉は去年の秋、扇のことをはじめて耳にした時、たずねてみたことがある。

「どうやってつくると」

「おう、よくぞたずねた。お前、その花扇、見たこたあるか」

「見たこたない」

「見たこたない、ふーむ。まず見たこたなかろう。えーと、さよう。花扇のこと、ひと口にはいわれんぞ。花すすきのことじゃけん」

そういうと、しきりに首をかしげた。

「花すすきちゅうてもな、千草百草《ちぐさももぐさ》かぎりもない。ひいふうななよの七本尾花。あれ、忘れたぞ」

「あんまり、むずかしゅういうまいぞ」

「むずかしいか」

ごんの守《かみ》はちらりとお葉の耳のあたりに目をやった。

「あのな、おれたちのご先祖さまの歌じゃけん、すすき摘みの時の」

ごんの守《かみ》はしばらく考えている様子だったが、するすると尾花すすきの中を走って、あのマユミの大木の下に立ち、お葉をふり返って片手をあげてみせ、あらたまった口調になった。

＊　＊　＊

「虹の宮の橋、渡るの、あぶないかや」

ごんの守《かみ》はすっかり口の尖《とが》った狐の顔になっていた。いつもは山伏さまの短い袴をきりりとはいて、胸に大きなむくろじゅのお数珠《じゅず》を下げ、しゃりーん、しゃりーんと錫杖《しゃくじょう》を鳴らしてあらわれるのに、そのときはどういうものか、ごんの守の手にはちゃんと狐の毛が生えて、山のけものの匂いがむんむんしていた。

「まず、目がよう見えんといかん。七里、いやいや、七里じゃ足りん。十三里ばかり先の、光り尾花の、しっとりしたつやが見えねばならん。それが見ゆるなれば、虹の宮の橋、渡ったもおなじじゃ。お前、あの橋見たこたあるか」

「見たこたない。七里ちゅうのは、あそこか」

ごんの守《かみ》と話していると、つい、言葉が狐に似てくる。お葉はちょっと瞼《まぶた》を細め、夕陽に浮いて波うつ尾花すすきの原っぱを指さした。

「うふ、うふ。あそこでない。やっぱお前は人間の子じゃ。目の力が足りん。まだまだ先の方ぞ」

「そんなら、あそこの、歌野が原の向うかや」

「まだまだ先」

「知らんばえ、往たことないのに」

「そうか、往たこたないか」

ごんの守の目がとろとろ赤くうるんだ。奥の方が金色にもえている。

「そんならあれは、おれたちの眷属《けんぞく》が飛んでゆくのは、見たこたあるか」

「見たこたない」

「お月さまの晩にもか」

「ない。何しに飛んでゆく」

「何しにちゅうて、たった今、歌うたじゃろうが、星くずの舟の歌」

情ないという目つきでごんの守はお葉をみた。お葉はお月さまの晩の虹の橋を見たことがない。それが気になって、うわのそらの返事をしてしまう。

「光り尾花を見つけにゆくとぞ。飛んでゆかねば、間にあわん」

「猫嶽のまつりにか、消えたら、おおごとじゃなあ」

「おおごとじゃ。十三年に一度のまつりぞ。花扇の間にあわん」

「十三年に一度のまつり？　わたしも間にあわん」

「なして間にあわんや」

「いま八つじゃ、歳が足りん」

ごんの守《かみ》が笑い出した。

「お前、だいぶん考えが足りんな、歳ではない。八つでも三つでも間にあうぞ。おれはいま八百七十七歳じゃが、おっかさまのおなかの中におったときから、間におうたぞ」

「そんならわたしも間にあうか」

「ゆきたいか」

「うん」

「そんならもひとつ尋ねるが、ゆらゆら夕陽のときに、あれをば見たことたなかったや。ほら、あれをば、見たこたなかったや」

見た、と言わないと、猫嶽のまつりに招んでもらえない、とお葉は思い、大急ぎで返事をした。

「見た。川のような、ゆらゆらするのば見た」

ごんの守《かみ》の目と口許《くちもと》がくしゃくしゃになった。

「お陽さま、大きゅうなったか」

「なった。溶けてしまいそうにとろとろ、雲仙岳の向うに見えた」

「おお見たか、それそれ」

ごんの守の目もとろとろになって、口の先をしきりにこすった。

「おれたちの眷属が、尾花のすすき見つけに、飛んでゆきよるとぞ。原っぱぜんぶ、かげろうぞ」

「そんなかげろうなら、何べん見たか、数えもきれん」

「そうか、そうか」

秋の山の香りがお葉を包みこんだ。足もとの地面にはりついている小さな紅葉草《もみじそう》が、濃い紅色をして、その間に尾花の穂が揺れていた。数えもきれない穂の中からつやのちがうのを十三本選び出すなんて、どんなにたいへんだろう。

「穿の宮の眷属はな、自分たちの山まつりだけでなく、猫嶽のまつりの時も役目をつとめる。祭典長をつとめたりな。一族できめる」

「して、その花扇は神さまにさしあぐるかえ」

「さよう、神さまにさしあげて、十三年があいだ」

「わたしまだ八っ」

「そうかまだ八つか。八つも三つもかわらんぞ。その十三年があいだに、神さまのお気に召したものに下しおかれる」

「誰じゃろう、それは」

神さまのお気に召すのは、誰じゃろうとお葉は思った。

「十三年前は、魚生《うおう》み林の木の精が、一の君の位にあがった」

「一の君は、よか名前かえ」

「よか位じゃ。不知火海《しらぬひかい》という美しか海が、ここからほら、雲仙岳のはしに見えとろうがの。六十年ばかり前、海に毒を入れた者がおって、魚も猫も人間も、うんと死んだことがある。五十年がかりで、自分たちの立ち姿だけで、海に森の影をつくってな、その影の中に魚の子を抱き入れて、育てた木の精の代表が、一の君の位に上がった。命の種を自分の影の中に入れて育てて、山と海とをつないだ功労により、一の君と申しあげる」

「花扇は、一の君のしるしかや」

「お前、わかりがようなったぞ。それゆえ、われらの眷属は、ひすい珠《だま》のような大きい陽いさまが、とろとろゆれて沈み申さるのを追っかけて、月夜の晩に、光り尾花を探しにゆく」

「むずかしい仕事じゃ」

「なんの、むずかしゅうても、この世でいちばん美しかものを探すのじゃけん、飛んでゆくたびに、魂が高うなる。阿蘇の山々、久重《くじゅう》の山々、そのまた奥の高台の日向《ひゅうが》の山々、あちこちかけて、われわれの眷属が飛んでおるわい」

白い高貴な花扇を胸にかざしたおノンが、目の前にいた。十三年に一度の祀りに、おノンが花扇をもらったのだ。お葉は去年おノンが、この猫嶽の精霊たちにえらばれて祭典長をつとめ、鷹の餌食になろうとした子猫を救い出したことを知らない。山の精霊たちさえみんな、おノンは死んだと思ったくらいだったから、爺さまがこの美しい儀式を見たら、どんなによろこぶだろうか。

ごんの守がこの前話していたが、その花扇は祀りの夜、たったひと晩をすぎると、しるしの役目を終り、ふつうのすすきに戻って、散ってしまうのだという。穿の宮の狐たちはそれをよく知っているので、目を夕陽色にして飛んでまわり、十三本のすすきを見つけ、おごそかな気持で花扇をつくるという。そして、それをつくる眷属は代々きまっているのだそうだ。そんなものをたったひとつ、しるしにして式が始まるなんて、なんと気品の高い祀りだろう。ごんの守が誇らしげに、「わが穿の宮」というはずだ。

ふっと嗅《か》ぎなれたつよい匂いがしてきて、ごんの守だとすぐお葉にはわかった。正装した姿が近くにあらわれた。

「こちらへ、こちらへ、お葉どの。特別のお客人じゃ。身共《みども》も十三年目に、特別の役目をつとめるゆえ、そなたを招いた」

頭に烏帽子《えぼし》をいただいて、お宮の禰宜《ねぎ》さま姿になっている。うなずくたびに烏帽子が落ちそうになって、お葉ははらはらした。

目がなれてきた。紫色の幔幕《まんまく》の中へおノンがはいっていった。木々の間に小さな祭壇がそなえてある。鹿の群れが、祭壇の前で頭を垂れて通りすぎた。狐たちも大小ぞろぞろ出て来て、こんなにたくさんいたのかとおどろかされた。穿の宮だけではなく、ほかの巣穴の者たちも出て来たのだろう。
鈴の音よりもっとやわらかい音が中空にさやぎはじめた。マユミの木々がいっせいに梢の花鈴を鳴らしているのだった。無数の花房は月光のもとで、うす紫の霧のように見えた。一の君が広場の手前に立って、花と同じ色の衣の袖をゆっくり振りながら、鈴の動きの指揮をとっているようだった。

ごんの守が前に出て、巻き物をひろげ、ろうろうと読み始めた。こういう儀式にはよっぽどなれている様子だった。

本朝はじまりし以来おそれながら元《もと》の神末《すえ》の神々そのほか海山かけて
ゆききする魂の　星空ひろびろ澄みのぼりみなみな集まり十三年に一度虹の宮お
神楽の夜明《あか》し祀りをぞ勤行《ごんぎょう》つかまつる

風の神　雨の神　谷の神　大地の神　大海原《うなばら》の神
やがて明くれば八千九百億光年の朝陽かな
まずは夜露のひともとすすき
花扇になしてぞ奉る
いざ
おノンの黒御前《ごぜ》
これへ出られよ

いつの間に用意していたのか、太鼓が十ばかり、これは赤い襷《たすき》をかけた、烏帽子《えぼし》姿の若い狐たちがたたくようだった。笛は猫組がつとめようとして、それぞれ横笛をかまえて坐っていた。紫の幔幕《まんまく》がふわふわ開いて、小さな目がいくつも光りながらぽとぽと瞬いては、お葉を見ている。大勢の猫たちだ。あんまりはっきりしないけれども、ブチやら三毛やらトラやらさまざまで、どこかしらいっぷう変った猫たちに見える。爺さまが言ったように、表情がなごやかで、人なつかしそうな目つきなのは、信心深いせいだろうか。

みんなが拝んでいるものだから、お葉もおまいりしなくてはと、猫たちの後ろから祭壇の前に出た。白木の三方《さんぼう》のお膳に、赤いきれいな珊瑚《さんご》の枝と、白い貝殻、それに干したオコゼ魚の頭がのせてある。先に拝んでいたトラ猫が思わず首をさし出し、匂いをかいで、後ろの年とった三毛猫に耳をひっぱられた。山の神さまはオコゼ魚がお好きだと爺さまに聞いたことがあるが、猫嶽の神さまだから、やっぱり海のものを珍しがられるのだろうとお葉は感心した。

ごんの守は声の調子をやや落として、次の文言を読みあげた。

「じつは黒御前どの、お前が一つしかない目をまたまた潰されてまで、助け出したあの小ぉまい白猫は、何をかくそう、山の神さまのお使いでござって候《そうろう》ぞ」

しーんとしていた森が、一瞬、声のない声をあげ、猫たちのグループは、黙ってこくこくうなずいた。

「それから黒御前どの、お前が龍玄寺の鐘つき堂から、あの大鯰《なまず》といっしょになって、鐘をおっことし、村に教えた地震のことは、お前に、霊力がそなわってきて、神さまのおためしに通ったことでござった」

おノンの黒御前は、なんだかとてもぐあい悪そうにしていたが、躰がひとまわり小さくなった。よっぽど恐縮しているのだろう。そろそろと祭壇に近づくと、手に持っていた尾花すすきの扇を、オコゼ魚のお膳の脇にそっと置こうとした。ごんの守があわてて、ささやいた。

「まだ、まだ、お返ししちゃならん。お神楽がすんで、夜明けの一番星が消ゆる頃に、お返しせにゃならん」

おノンは小さな声で言った。

「はよ、返したい。ふだん持ちつけんもんで、肩のこって、肩のこって」

「もったいないこというな。おれたちの眷属が、苦労してつくったもんぞ」

くすくす、くすくす、しのび笑いがきこえた。

「そんなら、神さまにあずかってもらいましょ。どう持ったらよいか、恰好《かっこう》がつかん」

「困った猫じゃな。お前はおれたちの歌をどうしてくれるか。扇を返すのなら、歌も返せ」

「歌？　歌は、おあずかりしておりまっせん」

さっきのごんの守の、星くずの舟の歌を思い出して、お葉は笑い出しそうになったが、がまんした。あの歌より、おノンのひと声の方がよっぽど美しい。

おノンの様子がそわそわしてきて、ごんの守はやりにくそうに見える。

「お前、なにか神さまに隠しごとをしておりゃあせんか」

おノンはますます小さくなっていたが、

「じつは、あの」

と言った。全身の不思議な底光りは消えていなかった。何かおノンがいうのではないかと皆は期待した。

「じつは、山の神さまにたったひとつ、お願いが」

「ほう、その花扇ではいかんのか」

まるで山の神さまの代理のようにごんの守は言った。

「いえ、いんえ、もったいない。あたいにはもったいのうして、その、いつもは持ちつけんもんで」

「なにか文句でもあるか」

「とんでもなか。その、あたいは」

おノンはあたりを見回し、うなだれながら、口のうちで呟いた。

「その、あの、あたいはただ、あの愛らしか白猫、あの子のことが忘れられんで。この胸にあの子がほしゅうして」

そして地面を見て深く深く頭をたれ、両手の花扇をさし出しながら、ぽろぽろ泪をこぼした。

すると、どういうことだったろう。皆もたしかに見ていたのだったが、不思議なことが起きた。両手に捧げた花扇が、みるみる白い子猫に変り、おノンはぼんやり顔をあげて、三毛の色のまじった白猫の子を見ていたが、「にゃん」と切なそうな声を出した。そしてそのひと声は、皆の胸にしみ透った。はげしい拍手が、月の光の下に広がった。お葉の耳に、子猫のごろごろという可愛い甘え声が聞こえた。

「おお、おお、えへん、こりゃあよか景色じゃ。祭典長も、こういう景色を見らるけん、なかなか捨てがたいもんぞ」

狐の泪声というのも、お葉ははじめてきいたのである。

お神楽が始まった。

天狗さまのお面をつけて猿たちが舞う神楽、つけないで、直面《ひためん》で舞う狐の神楽などいろいろとあったが、みんなさまになって、なかなかのものだった。山霧の精ではないかと思うほどの舞い手があらわれた。翁《おきな》の面《おもて》をつけ、ひときわ品格が高かった。この舞いのとき、さやさやとマユミの花鈴が光を伴って鳴りわたり、その小さな花々の揺れあうさまを見あげながら、お葉は、ああこれは、神さまご自身が舞っておられるのだと知って、ぼおーっと酔っぱらったような、雲の上にいるような気分になった。

「起きれ、起きれ、お葉、今日は、歌野《うたの》の里にゆく日じゃろう、墓まいりに」

爺さまにゆさぶられてお葉は目がさめた。

「歌野、ああ、歌野にゆく」

勢いよく起きて坐ったが、とろんとしている。

「目えさませ、顔洗え」

「歌野の虹はまだ消えとらん？　爺さま」

「虹？　今朝は虹は、出ちゃあおらんぞ」

「今朝の虹じゃない、よんべの月夜の虹じゃ」

「お前また、ごんの守のところへ行って来たか」

お葉の夢はたいていごんの守のところへ行く夢だと爺さまは思っている。

「爺さま、おノンが、白か子猫連れて来るよ。尾花摘みの歌、歌うてくるよ、きっと」

「おノンならもう来とるわい」

「えっ」

「外に出てみろ、梅の木の下に来とる。盲目になっとるがな、可哀相《かわいそう》に。白か子猫連れて。いや、子猫が、杖のかわりして来たかもしれん」

お葉はそこではっきり目がさめた。いやいやちがう。夢の続きにまた、はいるのかもしれなかった。

母親のお墓にゆく日だった。髪をかきあげ、目をこすりながら外に出た。とても上品な梅の花の香りがあたりに漂っていた。

爺さまが後ろから言った。

「えらい汚れて戻って来たぞ」

畠の角の梅の木の根元に目をこらした。ぼろの屑にも見える黒猫のそばに、夢の中のあの、愛らしい子猫がぴったりくっついて、小さな桃色の鼻を仰向け、おノンの首にこすりつけていた。

今は亡きノンノと遊ぶ

つまりわたしは登場する者たちを通して、生き直している自分を発見したのだった。まことに楽しかったと言ってよい。舞台は、阿蘇山《あそさん》のまわりの、大分、宮崎の山岳地帯だと思ってもらえばよい。釈迦院《しゃかいん》川など、好きな川の名を借りてきたりもした。

黒猫おノンと白い子猫は、わたしの仕事場での、大切な家族だった。死なれてしまってたいそう悲しくて、ついにこういう姿で蘇えらせたのである。死んだ姿をみて、つくづく、「変り果てるとはこういう姿をいうのか」と思ったが、蘇えらせてみたら、生き生きと霊力をそなえ、もう死なない姿になったと思う。

恐竜たちとおノンを、阿蘇の草千里《くさせんり》で思うぞんぶん遊ばせた時は、自分の中の野性も一緒にころげまわっている感じがして、ゆかいな想いをした。近年、その恐竜の化石が、この作品の舞台の付近から出土するようになったのも嬉しいことである

私たちの生命というものは、遠い原初の呼び声に耳をすまし、未来にむけてそのメッセージを送るためにある。

お互いは孤立した近代人ではなく、吹く風も流れる水も、草のささやきも、光の糸のような絆《きずな》をつないでくれているのだということを、書きあらわしたかった。とは言っても、風はともかく、草の声、水の声も聴きとれなくなった日本人のなんと多くなったことだろう。

水俣のことで長い間、沈潜《ちんせん》している思いがある。エネルギーをたくわえ、自分自身を焚《た》かなければならない。

近よればそろりと手にて土をかき
仕末し去りぬ月夜の白猫

揃ひ生ふる葱に月夜は透りつつ
白猫かがみ来て音もなく去る

後記

＊出典と『石牟礼道子全集・不知火』（藤原書店、二〇〇四年〜）収録（予定）巻数を以下に示す。

エピグラフ　『食べごしらえ　おままごと』（ドメス出版、一九九四年）より／『石牟礼道子全集・不知火　第十巻』所収。

I

都会の猫とひかり凪　原題「夢のさくら」『西日本新聞』一九八五年三月三十日／『石牟礼道子全集　第十巻』所収。

三毛猫あわれ——出郷と断念　原題「言葉の秘境から」／『石牟礼道子全集　第十六巻』（未刊）所収予定。

II

あばら家と野良猫たち　原題「時間の甕の中から」『〈ふるさと〉の環境学　住む』平凡社、一九七九年／『石牟礼道子全集　第九巻』所収。

祖母の笑み、捨て猫の睡り　原題「豊かな老いへ」（見田宗介氏への書翰）『朝日新聞』一九九〇年七月五日〜十九日／『石牟礼道子全集　第十一巻』所収。

父と猫嶽　原題「草のことづて」『毎日新聞』一九七四年十一月十八日〜三十日／『石牟礼道子全集　第六巻』所収。

猫家族とヒト家族　原題「猫の家」『ろばのみみ』八十七号、一九七七年二月／『石牟礼道子全集　第八巻』所収。

愛猫の死と息子の泪　原題「納屋住まい」『楽しいわが家』一九九一年五月号／『石牟礼道子全集　第十一巻』所収。

祖母の食膳に添う飼猫ミイ　『椿の海の記』「第八章　雪河原」（朝日文庫、一九八〇年）より／『石牟礼道子全集　第四巻』所収。

世界の声に聴き入る猫　『あやとりの記』「第一章　三日月まんじゃらけ」（福音館書店、一九八三年）より／『石牟礼道子全集　第七巻』所収。

野草を食む猫と私　『食べごしらえ　おままごと』「山の精」（ドメス出版、一九九四年）より／『石牟礼道子全集　第十巻』所収。

Ⅲ

愛猫ノンノとの縁　原題「曼陀羅図のすみっこで」『同心』二十五号、一九八六年十二月／『石牟礼道子全集　第十一巻』所収。

ノンノ婆さん　原題「ノンノ婆さんにかしずくこと」『同心』二十一号、一九八二年十二月／『石牟礼道子全集　第十巻』（「人間ばなれ」として）所収。

『水はみどろの宮』断章　『水はみどろの宮』「第九章　山の精」「第十章　赤児猫」「第十一章　飛天峠」「第十二章　月夜の虹」（平凡社、一九九七年）より／『石牟礼道子全集　第十一巻』所収。

今は亡きノンノと遊ぶ　『水はみどろの宮』「あとがき」（平凡社、一九九七年）より／『石牟礼道子全集　第十一巻』所収。

〈解説〉猫　獄

町田　康

猫のシェルターという事業を展開している知人がいる。事業を展開というとそこに利潤が生じるように聞こえるが、展開すればするほど損失が増大するという不思議な事業である。

具体的にどういうことをやっているかというと、地域で虐待されている猫や保健所に持ち込まれ、処分（殺すこと）される猫を引き取り、里親を探す、ということをやっているのであるが、考えるだけで面倒くさい事業である。

というのは、だってそうだろう、はっきりいってこの事業は報われることのまずない事業だからで、自分自身は骨折り損のくたびれ儲け。事業を展開すればするほど疲弊していくし、近隣の人々にはおかしげな奴・変人、みたいに思われて白眼視されるし、行政には冷たくあしらわれるし、当の猫本人にも、自分を迫害する人間一般、人間の側の奴ら、と看做《みな》され、まったく感謝されないからである。

だから、その人とその人の事業を知ったとき自分は咄嗟に、うわっうわっうわっ、と思って、自転車に乗っていてバランスを失って転びそうになったような感覚にとらわれ、反射的に逃げ腰というか、それはそれは大変でげしょうなあ、なんて口走り、可能な限り善意の第三者という立場に立とうと努力したのである。

なんでそんな態度をとったかを改めて考えてみると、自分は利己的な人間であるからだと思う。例えば自分はきわめて寂しい、外出といえばスーパーマーケットより他に行くところのない人間なのだけれども、そのスーパーマーケットのレジに並ばんとして、咄嗟になにをするかと言うと、卑屈な目で、並んでいる人数、その人たちの提げている籠の中身、従業員のスキルを一瞬にして窺い、もっとも早く進むと思われる列に、「きしきしきしっ」と声を挙げ、猿のような動作で並ぶ。その結果、自分より先に並んでいた人が自分より後になってもなんらの後ろめたさも感じず、逆に、「くほほ。得した」と、ほくそ笑む。つまり、自分さえよけば余のことはどうでもよい、という考え方、つまり利己的な考え方をする人間ということである。

そのように利己的な人間が、そうして損をするばかりでまったく報われることのない事業に参画しないのは当然のこととして、なるべく距離をおいていたい、と思うのは当然の話である。

だから、「はっはーん。ほっほーん」「うふん、ひゃんひゃん」などと言いながら、第三者的に振る舞うのであるが、じゃあ、それで恬《てん》として恥じず、その人がいなくなるや、暖炉の前でパイプを吹かし、コニャックを飲みながら、好きな音楽を聴くなどして愉快に暮らすことができるかと言うと、そんなことはなく、どこか心にひっかかるものがある。棘が刺さってとれない、みたいな感覚があるのは、自分が暖炉もパイプも持っていないからではない。

これはいったいどうしたことだろう。君はどう思う？　と、自分方にいる猫に問うてみた。猫は、「なにをわかりきったことを言っているのだ」と言っているような目でこちらを凝視している。目で語りかける猫は例えば以下のようなことを言っているのであろうか。

君はなにをわかりきったことを言っているのか。自分の損とか得とか言っているが、その自分というものがなんなのか君はわかっているのかね。まったく確実でない不分明なものではないですか。その不安定な自分が損と感じたことは実は得かも知れないし、ほくほく、得した、と思ってることが致命的な損かも知れないじゃないですか。或いは、君は物事をものすごく平面的にとらえてませんか。この部屋は六畳間だとかね。けれども僕らは、ほら、このように、ひらっ、と飛ぶことができるからね。ほほほ。僕らは君たちとはまったく違った空間の認識の仕方をしてるんだよね。それから時間についても君たちにとっては一方通行でしょう。でも本当は違うんですよね。時間ていうのは、それ自体がいきつもどりつしながら爆発してるんですよ。

え、そうなんですか。と、思わず問い返す。しかれども猫は、ひら、と、箪笥のうえに飛び乗ってこちらを見下ろしていたかと思うと、またぞろ飛び降り、後ろを振り向き、顔の皮を伸ばして、狐みたいな目をし、背中を舐め、その後、用事ありげにすたすたと隣の座敷に入っていった。猫と暮らし始めて間もない頃は、そうして猫が用事ありげにしていても、「猫に用はないだろう」と考えていたが、いまは猫が用事ありげにしているときは、どうしてもやり遂げなければならない切実な用事があるのであり、それを妨げるのは気の毒だし、無理、とわかっているので、彼を引き止めることはしないで彼が目で言ったことの意味をひとりで考えた。

しかし、いくら考えても分からない。それで、下手の考え休むに似たり、なんて言葉を都合よく思い出し、いつもの放埒無惨、世の中の役に立つことや有益なことは一切しないで、スーパーマーケットに出掛けていき、いつものようにレジで姑息に振る舞って、清酒四合と造りを買って帰り、これを飲みかつ食らってあかの宵から二階へ上がって寝てしまう、なんてなことをしてしまって。

それで夜中に胸苦しくて目を覚ますと、胸と腹のうえで、昼間の彼とそしてまた別の自分方で暮らしている猫が気持ち良さそうに眠っていて、これを起こさないようにそろそろ上体を起こすのだけれども、ほんの僅かな動きに彼らは、せっかく気持ちよく寝ていたのに動くなんていう極悪非道なことをされるなんて不愉快だ、と言いながら自分の胸と腹の上から飛び降りた。

それから、心にひっかかってとれない、棘のような感覚がよみがえって、それから宵に読もうと思って階下から持って上がったのにもかかわらず、読まずに寝てしまった本、すなわち、本書、すなわち、『石牟礼道子詩文コレクション 1 猫』を読み始め、読み終わって、「ああ、こういうことだったのか」と思った。

それは、往還。そして、どういうことかというと、我々はいま現実の世界に、ひとりの完結した個人として生きている、と思っている。ところが、実はそうではなく、我々はさまざまの生命と時間的にも空間的にもつながりを持ち、現実を生きると同時に夢をもまた生きているということである。

しかし、そういう感覚を抱いて生きるということは危険なことでもあり、自己保存のため我々は極力それを忘れようとし、また、実際に忘れて生きているのだけれども、猫は私たちにときおりその感覚を思い出させる。そして、忘れたつもりでいても、そうした感覚が完全に消滅した訳ではないので、現実のなかで小利口に振る舞って損失を回避したり、プチ利益を得ても、なにか心にひっかかる、もうひとつの時間への不誠実な態度に対する後ろめたさのようなものが残るのであろう。酒を飲む場合、おいしくって飲む場合と、現実を忘れたくって飲む場合があり、酔生夢死、なんて生き方したらあかんぞ。と言われるが、危険な夢を忘れるために現実に没頭し、銭を儲けたり、偉大な業績を残したりするのも、同じようにあかんのではないか。なんて思ってしまって。

と、自分のような者が言うと、酒を飲むとか、そんなことになってしまうのだけども、本書において、生命や魂は美しくめぐり、また、世界が一瞬にして粉々になったかと思うと、次の瞬間に、また、別の世界が出現するなどして、これも美しい。

「世界の声に聴き入る猫」に、往還道、という道についての記述がある。往還。往ってまた帰る、ということである。自分は人間というものは行ったら行きっぱなし、だと思っていた。ところが違うのであって、人間に限らず、蝸牛や蟻やおけらといった、さまざまの生命が、この往還道を往き来しているのだそうである。そして、それらの者たちの声が光のようにこの世に満ちるさまを猫はいつもじっと聴いているらしいのである。

だから用事ありげにスタスタいく猫をとめてはならなかった。彼らはこれから世界に満ちる声を聴きにいくところであったのだ。

そして、「ノンノ婆さん」で、

じつは目が醒めたと思ってる今が夢の中であってね、あんたとわたしはね、同じ夢の中にいるわけよ。でね、苦労してるというのはね、ほんとうはそれが現世の筈《はず》の、夢だと思っている世界、このひっくり返りを、どうやって元に戻せばいいのかなあ。

と老猫ノンノと寺に暮らす、「わたし」は問い、寺に住まう身でありながらうまうま鮭を食べた夜、ノンノが、七百万円するという電子レンジならぬ、電子ナンデモ瞬間刺身マシーンにうっかり足を踏み入れ、刺身になってしまう夢を見て、そのとき、

――ああわたしは、故《ゆえ》あってお寺の猫に生まれて、刺身などという、生きた魚の肉を食べなかったのに、前世からのいましめを破って、生鮭を食べたのが悪かった。どうせなら人間に食べられずに、このまま生腐れになって海に捨てられて、魚たちに食べられるべきだったのだ。

と思い、それが現世なら、自分はいま猫刺身だ、と思うとき、「わたし」は、

お前がわたしの前世で、わたしがお前の未来なのよ。お前がわたしの夢で、わたしが、お前の現世をあらわしているわけなの、やっとわかったよ、一緒に住んでいるわけが。

と理解する。

この本に繰り返して出てくる、自分やこの世界の時間や空間がちりぢりきれぎれになり、そしてもう一度、新しくなって現れる感覚がはっきりと語られている。

そうした感覚は、現世で人間として生きるのであればまず感知しない感覚だけれども、本書を読むと、人間こそ猫として生きなければならないのではないか、という不思議な気持ちになってくる。

そして、私は、「ああ、私は夢の苦しみを苦しんでいる人に対して第三者的に振る舞い、スーパーマーケットのレジで猿のようにきしきし鳴いて小利口に振る舞ってしまった。私もまた人間刺身になるべきだ」と思い、その思ったことを猫に告白しようと、にゃあにゃあ鳴きながら私方の猫の姿を探して歩き、窓からじっと夕陽を見つめている猫に、「にゃあ、にゃあ」

と語りかけたのだけれども、猫は、「やかましいんじゃ、ぼけ」と言って
その場を立ち去った。

あとがき

石牟礼道子

猫たちと一緒に育った。みんなあの世に往ってしまった。足が悪くなってもう飼えない。家主のお医者さまや娘さんが、猫を連れて来て、見せて下さっていた。そのお家の犬が、赤ちゃん猫の時からなめてやって、可愛がって、大切に育てたのだそうだ。気品のある美猫だが、これも病気で余命いくばくもない。猫は短命と知ってはいるけれど淋しいものである。何百匹の猫と縁があったことだろう。三毛がいた、黒がいた、白もいた。黄色い虎が、グレーと茶色で瞳の色のはっきりせぬ大猫がいた。一見ボス風であったが、とてもデリケートな優しい性質だった。今は亡きそれぞれの姿を想う。一週間に一ぺんくらいは猫の姿を夢にみる。掌に乗せていたり、太ももの上に抱いていたりする。映像というより感触として身近かにいるのである。掌で、腰で、じかに猫のやわらかい毛と暖かい小さな躰をたしかめ、安心する。十三匹もの猫たちと同居していたことがあった。食事時、幼いものたちがぎゃあぎゃあ騒ぐ後ろ側に、年とったオスたちが静かに座り、たしなめる。丸い大きな高浜焼きの皿に入れられた魚のアラ炊きとごはんをまぜた猫たちの夕食。今のような単純なキャッツフードではなかった。

アイドル風な美猫ももちろんいたが、猫たちの間で騒がれていたとは想えない。

人間でいえば年若い未婚の母が仔を生んだ時の、先輩メスたちの甲斐々々しい働きぶりといったらなかった。より安全な産褥を探す、産まれた仔を次々にくわえ、(三匹か四匹は産まれる)隠し場所に連れてゆく。初産でとまどっている幼ない母猫は、そういうことをおのずから学ぶのだろう。

産児の成長過程を見ていると、オスたちが楽しんで子守りに参加しているのにびっくりする。ひっくり返り、お腹にのせ、手足を使って「あやとり」をするような「高い高い」をしてみせたりするのである。幼い時、兄弟姉妹たちともつれあってかけ廻ったりした記憶があるにちがいない。十三匹も居れば血縁も、せりこみ組もいた。せりこみとは血縁以外のあかの他人のことで、よそからきてネコめしを食べ、排除されなかった者のことである。

猫は好き嫌いがはげしいが、よほど互いに気にならないのだろう。家父長制と母系制とを考えてみるが、むずかしいのでやめにした。へんてこにちがいない文章を一冊にして下さった若い編集者の方々に、心からお礼を申しあげます。

（二〇〇九年二月三日）

著者紹介

石牟礼道子（いしむれ・みちこ）

作家。1927年、熊本県天草郡に生まれる。1969年『苦海浄土――わが水俣病』は、文明の病としての水俣病を鎮魂の文学として描き出す。1973年マグサイサイ賞受賞。1993年『十六夜橋』で紫式部文学賞受賞。2001年度朝日賞受賞。『はにかみの国――石牟礼道子全詩集』で2002年度芸術選奨・文部科学大臣賞受賞。2002年7月、自作の新作能「不知火」が東京で初上演、2004年8月には水俣の百間埋立護岸で奉納公演が行われた。
現在、『石牟礼道子全集・不知火』（全17巻・別巻1、2004年～）が藤原書店より刊行中。

〈石牟礼道子《いしむれみちこ》　詩文《しぶん》コレクション〉1

猫《ねこ》　（全７巻）

2009年 4月30日　初版第１刷発行©

著　者　石牟礼道子

発行者　藤原良雄

発行所　株式会社 藤原書店

〒162-0041　東京都新宿区早稲田鶴巻町523

TEL　03（5272）0301
FAX　03（5272）0450
振替　00160-4-17013

印刷・製本　中央精版印刷

落丁本・乱丁本はお取り替えします
定価はカバーに表示してあります

Printed in Japan
ISBN978-4-89434-674-1

❸ **苦海浄土** 第３部 天の魚　関連エッセイ・対談・インタビュー
「苦海浄土」三部作の完結！　解説・加藤登紀子
608 頁 **6500 円** ◇978-4-89434-384-9（第 1 回配本／ 2004 年 4 月刊）

❹ **椿の海の記** ほか　エッセイ 1969-1970　解説・金石範
592 頁 **6500 円** ◇978-4-89434-424-2（第 4 回配本／ 2004 年 11 月刊）

❺ **西南役伝説** ほか　エッセイ 1971-1972　解説・佐野眞一
544 頁 **6500 円** ◇978-4-89434-405-1（第 3 回配本／ 2004 年 9 月刊）

❻ **常世の樹・あやはべるの島へ** ほか　エッセイ 1973-1974
解説・今福龍太
608 頁 **8500 円** ◇978-4-89434-550-8（第 11 回配本／ 2006 年 12 月刊）

❼ **あやとりの記** ほか　エッセイ 1975　解説・鶴見俊輔
576 頁 **8500 円** ◇978-4-89434-440-2（第 6 回配本／ 2005 年 3 月刊）

❽ **おえん遊行** ほか　エッセイ 1976-1978　解説・赤坂憲雄
528 頁 **8500 円** ◇978-4-89434-432-7（第 5 回配本／ 2005 年 1 月刊）

❾ **十六夜橋** ほか　エッセイ 1979-1980　解説・志村ふくみ
576 頁 **8500 円** ◇978-4-89434-515-7（第 10 回配本／ 2006 年 5 月刊）

❿ **食べごしらえ おままごと** ほか　エッセイ 1981-1987
解説・永六輔
640 頁 **8500 円** ◇978-4-89434-496-9（第 9 回配本／ 2006 年 1 月刊）

⓫ **水はみどろの宮** ほか　エッセイ 1988-1993　解説・伊藤比呂美
672 頁 **8500 円** ◇978-4-89434-469-3（第 8 回配本／ 2005 年 8 月刊）

⓬ **天　湖** ほか　エッセイ 1994　解説・町田康
520 頁 **8500 円** ◇978-4-89434-450-1（第 7 回配本／ 2005 年 5 月刊）

⓭ **春の城** ほか　解説・河瀬直美
784 頁 **8500 円** ◇978-4-89434-584-3（第 12 回配本／ 2007 年 10 月刊）

⓮ **短篇小説・批評**　エッセイ 1995　解説・三砂ちづる
608 頁 **8500 円** ◇978-4-89434-659-8（第 13 回配本／ 2008 年 11 月刊）

15 **全詩歌句集**　エッセイ 1996-1998　（次回配本）解説・水原紫苑

16 **新作能と古謡**　エッセイ 1999-　解説・多田富雄

17 **詩人・高群逸枝**　解説・臼井隆一郎

別巻 **自　伝**　〔附〕著作リスト、著者年譜

*白抜き数字は既刊

"鎮魂"の文学の誕生

「石牟礼道子全集・不知火」プレ企画

不知火《しらぬひ》

（石牟礼道子のコスモロジー）

石牟礼道子・渡辺京二
大岡信・イリイチほか

インタビュー、新作能、童話、エッセイの他、石牟礼文学のエッセンスと、気鋭の作家らによる石牟礼論を集成し、近代日本文学史上、初めて民衆の日常的・神話的世界の美しさを描いた詩人の全体像に迫る。

菊大並製　二六四頁　二二〇〇円
（二〇〇四年二月刊）
◇978-4-89434-358-0

1989年11月創立 1990年4月創刊

一九九五年二月二七日第三種郵便物認可　二〇〇九年四月一五日発行（毎月一回一五日発行）

月刊
機
2009
4
No. 206

発行所　株式会社 藤原書店©
〒一六二-〇〇四一　東京都新宿区早稲田鶴巻町五二三
電話　〇三・五二七二・〇三〇一（代）
FAX　〇三・五二七二・〇四五〇
◎本冊子表示の価格は消費税込の価格です。

編集兼発行人
藤原良雄
頒価 100円

石牟礼道子が描く、いのちと自然に満ちたくらしの美しさ

石牟礼道子・詩文コレクション発刊！

ともすればその世界が近寄りがたいと思われる石牟礼道子。しかし彼女が描くのは、わたしたちが忘れてしまったいのちのざわめきに満ちたくらしの美しさである。その土地に息づく自然とそこにくらす人びとに対するまなざし・感性を幅広い世代に届けたい。いのちと自然にまつわる身近な七テーマで作品を精選・抜粋、短篇集のようにコンパクトに再構成。気鋭の解説陣と、愛らしいイラストが文章の魅力を引き立てる。

編集部

● 四月号 目次 ●

猫獄

町田 康

心にひっかかってとれない棘

猫のシェルターという事業を展開している知人がいる。事業を展開というとそこに利潤が生じるように聞こえるが、展開すればするほど損失が増大するという不思議な事業である。

具体的にどういうことをやっているかというと、地域で虐待されている猫や保健所に持ち込まれ、処分（殺すこと）される猫を引き取り、里親を探す、ということをやっているのであるが、考えるだけで面倒くさい事業である。

というのは、だってそうだろう、はっきりいってこの事業は報われることのまずない事業だからで、自分自身は骨折り損のくたびれ儲け。事業を展開すればするほど疲弊していくし、近隣の人々にはおかしげな奴・変人、みたいに思われて白眼視されるし、行政には冷たくあしらわれるし、当の猫本人にも、自分を迫害する人間一般、人間の側の奴ら、と看做《みな》され、まったく感謝されないからである。

だから、その人とその人の事業を知ったとき自分は咄嗟に、ぅわっぅわっぅわっ、と思って、自転車に乗っていてバランスを失って転びそうになったような感覚にとらわれ、反射的に逃げ腰というか、それはそれは大変でげしょうなあ、なんて口走り、可能な限り善意の第三者という立場に立とうと努力したのである。

なんでそんな態度をとったかを改めて考えてみると、自分は利己的な人間であるからだと思う。自分さえよけば余のことはどうでもよい、という考え方、つまり利己的な考え方をする人間ということである。

そのように利己的な人間が、そうして損をするばかりでまったく報われることのない事業に参画しないのは当然のこととして、なるべく距離をおいていたい、と思うのは当然の話である。

だから、「はっはーん。ほっほーん」「うふん、ひゃんひゃん」などと言いながら、第三者的に振る舞うのであるが、じゃあ、それで恬《てん》として恥じず、その人がいなくなるや、暖炉の前でパイプを吹かし、コニャックを飲みながら、好きな音楽を聴くなどして愉快に暮らすことができるかと言うと、そんなことはなく、どこか心にひっかかるものがある。棘が刺さってとれない、みたいな感覚があるのは、自分が暖炉もパイプも持っていないからではない。

現実と夢の世界

しかし、いくら考えても分からない。それで、下手の考え休むに似たり、なんて言葉を都合よく思い出し、いつもの放埒無惨、世の中の役に立つことや有益なことは一切しないで、スーパーマーケットに出掛けていき、いつものようにレジで姑息に振る舞って、清酒四合と造りを買って帰り、これを飲みかつ食らってあかの宵から二階へ上がって寝てしまう、なんてなことをしてしまって。

画・よしだみどり

それで夜中に胸苦しくて目を覚ますと、胸と腹のうえで、昼間の彼とそしてまた別の自分方で暮らしている猫が気持ち良さそうに眠っていて、これを起こさないようにそろそろ上体を起こすのだけれども、ほんの僅かな動きに彼らは、せっかく気持ちよく寝ていたのに動くなんていう極悪非道なことをされるなんて不愉快だ、と言いながら自分の胸と腹の上から飛び降りた。

それから、心にひっかかってとれない、棘のような感覚がよみがえって、それから宵に読もうと思って階下から持って上がったのにもかかわらず、読まずに寝てしまった本、すなわち、本書、すなわち、『石牟礼道子・詩文コレクション　第一巻　猫』を読み始め、読み終わって、「ああ、こういうことだったのか」と思った。

それは、往還。そして、どういうことかというと、我々はいま現実の世界に、ひとりの完結した個人として生きている、と思っている。ところが、実はそうではなく、我々はさまざまの生命と時間的にも空間的にもつながりを持ち、現実を生きると同時に夢をもまた生きているということである。

本書において、生命や魂は美しくめぐり、また、世界が一瞬にして粉々になったかと思うと、次の瞬間に、また、別の世界が出現するなどして、これも美しい。

（後略　構成・編集部）

（まちだ・こう／パンクロック歌手・小説家）

魂のメッセージ

草花に宿る魂を感じ、そのメッセージを伝える

河瀬直美

木々や草花に宿る魂

石牟礼道子さんの作品にはしばしば草花が登場し、それらがまるで感情をもっているかのように描かれることがほとんどだ。その草花には必ず人の念が含まれている。石牟礼さん本人の体験を通して感じた感覚的な、しかし絶対の存在としてそれらが描かれるとき、世界には自分たちのような〝人間〟だけがのうのうと生きているのではなく、言葉や感情をもたないと思われる存在にも魂が宿るのだと気づかされる。

石牟礼さんがその草花に自身の念を封じ込め、それを美というもののあやうさを通して描ききるのは、「失われたいまひとりの自分を哀傷し、あてどなく憧憬し続ける」からだろう。しかし石牟礼さんの文章を読んでいると花の中には人の念と同時に仏さまがいらっしゃるということが信じられ心がほっとする。また、水俣を想いながら「お陽さまの中へ、永遠に出てこない目の無い魚たちのことを、自分らの魂の影のように感じることはできる」と書くように、人々には自らの魂の中に仏を見出す力があることを諭す。

自然とともにある暮らしの伝統

石牟礼さんは草花というものに対して「私のそのまんまの姿をものを言わずに、見ていてくれるものたちを探しているんだ」と語りかける。が本当のところ石牟礼さんは人間とその関係を結びたいと願っているに違いない。実感のない言葉だらけの人々に嘆き、美というものを語るにふさわしい日本人の暮らしが失われてゆく様に憤慨し、自然を我が細胞の中にすりこむ伝統を取り戻したいに違いない。

しかしいくらそれを声高に語ってみても、この変化を止めることはできない。石牟礼さんはそうすることにほとほと疲れたのだ。そうしてひとり静かに野に咲くヨモギやよめなの姿から魂のメッセージを読み取り、仲介し、わたしにそのことの意味を伝えている。わたしはそれを今こそ真剣に読み解き、考えなければならない。石牟礼さんもきっとそうして、

ひとりひとりの魂と共感しあいたいのだろう。

　かつて撮影でお世話になった吉野の山奥のおじいさんは春に雪のまだかぶる地面からそっと顔を出して咲く黄色い花の福寿草の球根を差し出しながら「春がくればルンルン気分になるよ」と告げ「都会では咲かないかもしれないけれど」とそれをわたしにプレゼントしてくれた。なぜ都会では咲かないのだろうと不思議で環境が違うからだろうと考えていたけれど、それは物理的な環境の変化によってだけではないことが、石牟礼さんの文章を読んだ今になってわかる。都会でも魂のメッセージを汲み取りながら育てる福寿草にはきっと花が咲くはずだと信じられるのだ。

画・よしだみどり

　石牟礼さんは「木というものに目がゆけば本能的に登ってみる子どもだった」らしいが、彼女の出逢った樹々がその寿命をまっとうし往ってしまったのではなく、人の都合によって失われてしまったことを知れば知るほどに寂寥感がおおいつくす。かつてそれら樹にはとても大切な役割があった。そうして自然とともに生きた先祖の想いを口にするとき、大きなものに守られているような安心感を人は覚えるのだろう。（後略　構成・編集部）

（かわせ・なおみ／映画監督）

共生のユートピアを夢見るフーリエの雄渾な「空想力」とは?

よみがえるフーリエ

石井洋二郎

狂気の思考者

シャルル・フーリエの名前は、サン＝シモンやロバート・オーウェンと並び称される「空想的社会主義者」のひとりとして耳にしたことはあっても、その著作を実際に読んだことのある人となると、意外に少ないのではあるまいか。

日本では一九七〇年に『四運動の理論』がいち早く翻訳され、最近では『愛の新世界』の全訳が刊行されたりもしているが、これ以外には『産業的協同社会的新世界』の抄訳があるくらいで、有名なわりにはけっして広く読まれている著述家ではない。しかも実際にこれらの書物を開いてみると、「情念引力」だの「累進系列」だのといったわけのわからない独自の用語が至るところにちりばめられていて、普通の読者にはおよそ理解不能な文章がえんえんと続く。

さらに読み進めてみると、地球にはやがて大規模な「北極冠」が現れて寒冷地方にも温暖な気候がもたらされるとか、人間には先端に眼球をもつ長さ五メートル近い「アルシブラ」と呼ばれる尻尾が生えてくるとか、動物たちは「逆鋳型」によって人間に役立つ「反ライオン」や「反クジラ」に改造されるとか、まさに奇想天外というほかない未来予想が次々と展開されているではないか。その名前に fou（＝狂気の）という綴りが含まれていることに引っ掛けて、デューリングが彼のことを「狂人」あるいは「白痴」呼ばわりしたのもむべなるかな、である。

だが、果たして彼は荒唐無稽な幻想にとり憑かれた単なる妄想家でしかないのだろうか？　産業社会の黎明期が産み落とした狂い咲きのあだ花にすぎないのだろうか？

科学から空想へ

確かにフーリエの弟子たちがフランスやアメリカで試みた理想協同体建設の試みは、ことごとく挫折に終わった。エンゲルスが『空想から科学へ』において一群の「空想的社会主義者」たちを評価しながらもその限界を指摘・総括して以来、

▲フーリエ(1772–1837)

フーリエの著作を現実的な社会改革の綱領として読む者はほとんどいない。だが、十九世紀においてもすでに、スタンダール、バルザック、サンド、ミシュレ、ボードレール、ゾラ等々、少なからぬ作家たちが彼の思想的営為に関心を示していた。そのスタンスはさまざまであれ、彼らに共通して見られるのは、フーリエの言説にみなぎる奔放な想像力への率直な畏敬の念である。

それだけではない。目を二十世紀に転じてみれば、ベンヤミン、ブルトン、バルト等の重要な作家・思想家たちが、やはりそれぞれの観点からこぞってフーリエに言及している。これだけの顔ぶれが申し合わせたように並々ならぬ関心を抱いていたという事実は、彼の仕事がけっして賞味期限切れの過去の遺物などではなく、時代を越えて常にアクチュアルな対象であり続けていることを物語っていよう。

じっさいフーリエのテクストは、一読了解というわけにはいかない難解さに覆われてはいるものの、これをいったん突き抜けてみれば、今日の私たちにとって有用な思考のヒントにあふれてもいる。とりわけ理不尽な格差がますます拡大しつつある現代日本の状況を振り返るとき、彼の描き出す調和社会のヴィジョンはきわめて示唆的であり、文句なしに魅力的だ。マルクス=エンゲルスが標榜した「科学的社会主義」の実現可能性がほぼ消滅してしまったかに見える現在こそ、共生のユートピアを夢見るフーリエの雄渾な「空想力=空想《そらおも》いする力」があらためて見直されるべきではなかろうか。

「空想から科学へ」ではなく、「科学から空想へ」――いまや私たちは思考の軸を一八〇度回転させなければならない。するとそこには、同時代人には正当に評価されることのなかったフーリエの姿が、新たな光芒に包まれてよみがえるであろう。

(いしい・ようじろう/東京大学総合文化研究科教授)

「学問」とは「一人一人の人間が生きるということそれ自体のもつ絶対的意味」から出発すること

「学問」ということ

山田鋭夫

「科学」か「学問」か

内田義彦の「学問と芸術」という文章は、当初あたえられた「科学と芸術」という論題を、内田自身が「学問と芸術」と改めて講演した記録です。「学問」か「科学」か。最近は何かと「科学」ばやりで「学問」は死語に近くなっている。そんな感じもしますが、はたして「学問」ぬきの「科学」で事足りるのでしょうか。細かい語義詮索はさておいて、この二つの言葉について私は常々こう思っています。つまり、「学問」は「学を問う」であれ「学び問う」であれ、「問う」という、一人ひとりの日常の主体的な営みを想起させます。他方「科」とは、「内科」「外科」であれ「学科」「科目」であれ、「分ける」という意味であって、だから「科学」とはある全体を細かく分けたうえでの、個々の分化した領域についての専門的客観的な知識ということでしょう。

「学」を各人の生きた全体としての活動に引き寄せて「学問」と捉えるか、部分の正確かつ客観的な知識に重点を置いて「科学」と捉えるか。部分の正確な認識としての科学的結論なのか、それとも、正確でも精密でもないが、自らの生をとりまく全体をそれなりに的確に捉える眼としての学問的営為なのか。

もちろん両者は重なるところがあるし、単純な二者択一の問題でもないでしょう。実際には両方の眼が必要であり、しかも学者であれ市民であれ、二つの眼を交錯させ循環させていくことこそ大切なのでしょう。

「生きる」ことの絶対的意味

だが、それにしても——というところから、内田義彦の問いが始まります。一般的にもそうだが、とりわけ近年の日本では、「学問」を忘れて「科学」が独走していないか。社会科学という場面でも、やれ「先端……」だ、それ「高等……」だと、社会「科学」はそれこそ「がむしゃらな高度成長」を遂げてきた。しかしそれによって、市民一人ひとりの社会を認識し生を充実させていくという「学問力」は高まったといえるのか。問い尋ねるという「フォルシュングの精神」を尊重する雰囲気が出来あがったのだろうか。内田の答えはもちろん「否」であり、そこに日本の社会科学の「ひずみ」を見ます。

　その「ひずみ」の奥を洗っていくと――内田によれば――「学」に対する二つの姿勢が問題として浮かび上がってきます。一方は、学を出来あがった成果・結論のところだけで捉え、またその結論がもつ有用性だけで評価する姿勢です。

▲内田義彦（1913–89）

　他方は、学を一人ひとりの人間が日々「生きる」という実践のなかで創りだしていくものと考える姿勢です。「科学」の成果・結論は人類の貴重な財産ですが、しかし市民一人ひとりが、それを自らの生のなかで濾過し検証すること抜きには、つまり「学問」する市民に支えられることがないならば、せっかくの財産も死んだ遺物でしかない。それどころか、一部の専門家の独占物となり、素人を支配する道具となってしまいます。

　学を「学問」に引き寄せて捉えるということは、百分の一、千分の一といった数量化され物化されたものとしての人間でなく、「一人一人の人間が生きるということそれ自体のもつ絶対的意味」から出発することだと、内田は言います。重く響く言葉です。じっくりと噛みしめてほしい言葉です。

　その「一人一人の人間が生きるということそれ自体のもつ絶対的意味」こそは「学問」の根底をなすだけでなく、本当は「科学」の最深の根底でもなければならないでしょう。「学問」を死語にしてしまうと、ひずみなき本来の「科学」も死んでしまうのではないでしょうか。

（やまだ・としお／九州産業大学教授）

幕末維新期、アジアと環太平洋地域をめぐり日本独自の社会科学が展開されていた

アジア像の転換

武藤秀太郎

日本社会科学史再考

二十世紀最後の四半世紀を振り返った際、世界経済上の注目すべき潮流の一つに、日本、中国、韓国をはじめとするアジア・環太平洋地域の台頭が挙げられる。一九九七年のアジア通貨危機や今日の金融危機などで、冷や水を浴びせられたものの、そのプレゼンスの大きさは、今世紀を通じ引き続き保持されるであろう。そもそも、世界銀行が一九九三年の報告で用いた「東アジアの奇跡」というタイトルが示すように、かつて停滞の代名詞であったアジアが、持続的な経済発展を遂げることは、旧来の分析的枠組から予測できなかった事態であった。

では、停滞論ともいうべき以前のアジア像は、日本の社会科学において一体いかなるプロセスを経て生成されたのであろうか。

現状分析を究極的な目的とする社会科学は、日本において欧米からの輸入学問として展開した。もちろん、この背景には、自らが置かれた状況を把握し、諸問題を解決するのに、旧来の漢学や国学よりも西洋学問の方が、より説得力のある分析ツールを提示しえた点が挙げられよう。

これまでの日本社会科学史では、一般に輸入学問として断片的な知識にとどまっていた状態から、時代の経過とともに、欧米の社会科学概念が咀嚼され、適合がはかられてゆき、最終的にマルクス主義や、丸山真男・大塚久雄らの「近代主義」により、日本社会を総合的に把握する視座が与えられたという立場がとられてきた。しかし、私見では、アジア・環太平洋地域に着目した場合、反対に欧米社会科学がとりいれられるにつれ、現状を認識する枠組みそのものが失われていったのである。

田口卯吉・福田徳三・河上肇・マルクス主義

明治を代表するリベラリストであった「日本のアダム・スミス」こと田口卯吉（一八五五―一九〇五）は今日、中国や朝鮮に対する差別的言説で槍玉に挙げられる

ことが多い。だが、田口が打ち出した東京築港計画などの根底にある問題意識を探ると、いかに中国の経済力に危機感を持っていたかが分かる。この田口の中国認識は、これまで非現実的であったとする評価がなされてきたが、今日の実証研究と照らしあわせて考えてみた場合、十分に根拠があるものであった。田口の見下すような発言は、このままでは中国に覇権を握られかねないという危機感の裏返しであったと考えられる。

▲田口（上）福田（左）河上（右）

また、ポスト田口世代を担った福田徳三（一八七四―一九三〇）や河上肇（一八七九―一九四六）にも、朝鮮を差別視するような発言がみられた反面、アジア・環太平洋地域との関わりから、日本の社会問題をとらえるスタンスがあった。すなわち、福田が三・一、五・四運動などのインパクトを受け、社会哲学の再構築にとりくみ、初期の朝鮮停滞論を自己批判する地点にまで達していたのに対し、河上も沖縄経験などを通じ、試行錯誤を重ね、『貧乏物語』（一九一七）のような独特な国民経済論を展開したのである。

これが、マルクス主義が社会科学を独占する一九二〇年代に至ると、日本社会は、専らヨーロッパとの対比から論じられ、アジア・環太平洋地域に対する視点が、すっぽりと抜け落ちてしまうこととなる。かつて感知されたアジア・環太平洋地域の経済的、社会的ダイナミズムは忘れられ、アジア的生産様式論のような、以前から停滞していたというアジア像が定着していったのである。

欧米社会科学が受容された原点である幕末維新期までさかのぼってみた場合、田口卯吉をはじめとする日本の知識人、為政者たちは、アジア・環太平洋地域の経済的・社会的ダイナミズムを意識し、それとの関わりから各時代の課題にとりくんでいた。また、マルクス主義や「近代主義」をもって「自前の社会科学」が確立されたわけでなく、それ以前にも、輸入学問に大きく依拠しながら日本独自の社会科学が展開されてきたのである。

（むとう・しゅうたろう／思想史）

近代日本の社会科学と東アジア
武藤秀太郎
A5上製　二六四頁　五〇四〇円

世界史の中で「清朝」を問い直す決定版！　刊行迫る!!　五月刊

清朝とは何か（上）

——〝清朝は中国ではない〟——

岡田英弘

（聞き手）編集長

「十三世紀に、世界史が始まった」

——清朝というのは、古代から現代までつながる中国の一時期であるということが通説になっておりますが、先生はそうではなく、「清朝は中国ではない」というお考えとうかがっています。

また日本では、日本史・世界史、あるいは東洋史・西洋史と分けられています。そういう中で、少しずつ世界史的視点が大切ではないかと、注意が払われてきつつあるようです。先生の『世界史の誕生——モンゴルの発展と伝統』（ちくま文庫）というタイトルにありますように、十三世紀のモンゴル帝国から重視しておられます。

今日お聞きしたいのは、〝清朝とは何か〟ということですが、モンゴルと不可分ということでしょうか。

不可分です。分けてはならないということですね。清朝は元朝を継承した。そして元朝はモンゴル帝国の一部である。十三世紀初めにモンゴル帝国が起こったあととそれ以前とでは、世界が全然違ってくるのです。一二〇六年にチンギス・ハーンが即位して誕生したモンゴル帝国は、二代目には東ヨーロッパまで広がりました。ユーラシア大陸の内陸部に存在していた国々はみな吸収されてしまい、その後できたものは、すべてモンゴル帝国の後裔です。

世界史を考えたとき、モンゴル帝国以前の世界に、果たして有機的なつながりがあったかというと、いわゆるアジア世界とヨーロッパ世界は一つの単位ではなかった。お互いあまり関係がなく、それぞれの世界の中で物事が完結していた。そういう時代に世界史があっただろうかというのが前提にあります。

世界において歴史という概念が独自に誕生したのは、中国と、それから地中海およびヨーロッパ地域の二つだけで、それらの歴史文化は別々に存在していました。同時代を単純に横につなげれば歴史になるというものではないのです。

——つまり、交易がなかったという……？

交易はありましたが、時代を変えるよ

うなものではなかったのです。要するに、中国世界と地中海世界は、文化の基盤も枠組みもすべてが違っていて、その間に、いわゆるシルクロードなどを通じて人と物が細々とつながっていましたが、両者の文明の間に有機的な関係はほとんどありませんでした。これが、日本の歴史教育で、いまだに西洋史と東洋史が統合できない理由です。

▲岡田英弘（1931-　）
歴史学者。東京外国語大学名誉教授。主著に『歴史とはなにか』（文藝春秋）『世界史の誕生』（筑摩書房）『中国文明の歴史』（講談社）等。

　では、世界史とはどういうものだと考えるか、と言いますと、十三世紀のモンゴル帝国を時代区分として、それ以前、それ以後とで見方を変える。モンゴル帝国以前は地方ごとの文化・文明の有効な時代ですが、十三世紀以後は、ユーラシア全体を通した視野で見ないといけない時代に入ります。十五世紀に大航海時代が始まったとふつう言いますが、本当はその前の十三世紀に、人と物の交流が大規模に始まった。世界史がスタートした、というのが私の唱えた新説です。

清朝とモンゴル

――なるほど。では、モンゴルから清朝誕生までを教えてください。

　いわゆる中国史においても、モンゴル時代から歴史が変わりました。というのは、モンゴルの建てた大元以前の王朝の名前は、春秋時代からすべて地方の名前なんです。漢も隋も唐もそうです。三国時代の魏・呉・蜀、それから宋、全部そうです。契丹《きったん》時代もまだその伝統が続いていて、契丹帝国の中国式の国号である遼は、彼らが遼河の出身だったからです。その次の金も、支配層の女直人が今のハルビン近くの按出《アンチュ》虎《フ》水《すい》（アンチュン川）の出身だったから、このような国号にしたのです。アンチュンは女直語で金という意味です。

　ところが、元朝は違います。「大哉《だいなるかな》乾元《けんげん》」という『易経』の文句から取ったのです。「大元」は天を意味します。次の「大明」は、白蓮教の用語で救世主を「明王」と呼ぶことから来ています。その次の清朝の国号「大清」は、「大元」と同じく、天という意味です。

　ともかく、モンゴル帝国を時代区分と

して、それ以前とそれ以後は違う。中国世界ではいつも漢字を使っているから、ずっと同じで連続してきたと日本人は思うけれども、じつは**王朝が交代するたびに、支配層は完全に入れ替わったわけ**です。モンゴル人の建てた大元は、チンギス・ハーンの受けた天命を中国に持ち込みました。天上には唯一の神様がいて、天下である地上は自分たちチンギス・ハーンの子孫だけが統治する権利がある。こういう思想を持ってモンゴル人は世界統治を始めたわけですが、満洲人の建てた大清は、元朝のアイデアを継承して、自分たちの国号をつくったということです。

後金国から清朝へ

――清がかなり大きな規模で統一していったのは、いつごろですか。

清朝は、一六三六年に満洲族とモンゴル族が一緒になってつくった王朝です。そのあと一六四四年になって、万里の長城の南の明が滅亡したので、その支配下にあった中国の漢族が加わりました。それから十八世紀になってから、チベット、新疆が支配下に入った。チベットや新疆は、清朝にとってはあとから加わった付随的な部分で、これを取り去ってしまうと、下から現れるのは満洲とモンゴルと中国の連邦です。

一六一六年にヌルハチが遼東につくった後金国が、大清帝国の原型です。明末に後金国が建国された遼東は、モンゴル人と、女直人のちの満洲人と、漢人の三種類の人たちが接触するところでした。日本人は遼東というと、旅順・大連のある遼東半島だと思いがちですが、**本来の遼東は遼河の東のことで、瀋陽や遼陽があるところです。**遼河の西という意味の遼西は、日露戦争直前までモンゴルの遊牧地でした。だから瀋陽は、東部内蒙古と呼ばれる、満洲国時代に興安省となった地域のモンゴル人にとっては、一番近い中国の街だったのです。

遼東は、万里の長城よりも外側の、つまりは夷狄の土地なのですが、昔から漢人というか農耕民が植民できる場所でした。春秋戦国時代の農耕遺跡も出ています。ただし、遊牧民の力が強くなったら追い出される。モンゴル帝国時代は、もちろん全部がモンゴルの領土でしたが、モンゴル人は、朝鮮半島から連れてきた高麗人を遼東に入植させて、農業をさせました。明と北元に分かれたとき、明は、農業ができる場所に辺牆《へんしょう》という木の柵をつくって遼東一帯を囲い込み、飛び地として明の領土にしました。ですから、明代の遼東の漢人は、そのほとんどが高麗人の子孫なのです。

明の支配下にあった遼東に貿易に来たのがヌルハチの祖先たちで、彼らにとっては、明との貿易が一番金がもうかります。それで辺牆《へんしょう》の内側と外側で貿易が盛んになっていき、ヌルハチの時代に明軍を破って、この一帯を全部とってしまいました。こうして、満洲人、モンゴル人、漢人という、言葉も生活も違う三種類の人たちが、ヌルハチのもとに集まって、後金国が建国されました。これが最初の核となり、

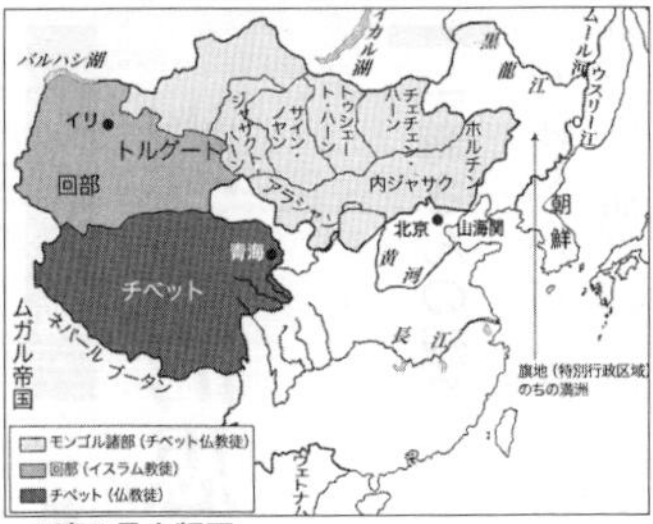

▲清の最大版図

のちにホンタイジが引き継いだときには、かなり拡大しています。ヌルハチの時代には、北元のモンゴル人のなかで、チンギス・ハーンの弟の子孫であるホルチン部など、ごく一部が参加していただけだったのが、ホンタイジは、北元の宗主リンダン・ハーンの遺児から元朝の玉璽を譲られ、ゴビ砂漠の南に住むモンゴル人全員を家来にすることができました。北方でも満洲のかなりの領域を押さえ、さらに、明の家来だった将軍たちが、たくさんホンタイジのもとに逃げてきています。だから、一六三六年の大清帝国は、ヌルハチのときよりも、規模がずっと拡大していました。

しかし、満洲人・モンゴル人・漢人の合同政権であるという枠組みは、そのままでした。大清帝国の公用語は三つあり、文字も三体それぞれ異なっている。それが一九一二年までずっと、建前としては続いていました。ラスト・エンペラーになる宣統帝溥儀が一九〇八年に即位したときもなお、皇帝号も年号も三つあります。満洲語もモンゴル語も使われています。モンゴル人は漢字を使いませんから、個々の清朝皇帝にモンゴル語の名前があり、モンゴル語の暦をそのときも使っているんです。ちゃんと記録があります。このように見てくると、清朝というのは果たして最後まで、中華王朝と言えるようなものだったのだろうか、ということになりますね。（後略）

（全文は『清朝とは何か』に収録）
（おかだ・ひでひろ／東京外国語大学名誉教授）

リレー連載　一海知義の世界　8

螺旋的思考の一海さん

風呂本武敏

一海さんの想像力

　赴任した神戸大学では教職員組合の活動の中で他学部や他分野の先生と付き合う機会に恵まれた。そのなかで経済学の故置塩信雄氏と一海さんは特別に印象が強い。置塩さんはいつも明晰に思考することを要求され、こちらのあいまいさや未消化部分が含まれているとそこを論理的に説明することを求められた。したがって話し終わると発想から結論まで無駄なくいわば「直線的に」整理されているのに気づくことがよくあった。

　それに対して、一海さんは実に辛抱強く他人の発言を最後まで聞いてくれる。話し終わると胸につかえていたものが充分聞いてもらえたという実感を持てるのである。そばから拝見していると、話を聞くときの一海さんの心中はその話をめぐる対話にあふれている気がする。

　一海さんの書かれるものにもそうした自己との対話というか、フィードバックの螺旋的思考とも言うべく、己れ自身が説得されるかどうか試しながら語っている様子を感じることがある。「子供たちに取り囲まれ相好をくずしつつも、ふとあらぬ方を眺めやる淵明の姿を、私は想像してみたりする。」そのような想像力の在り方はいつも己を出て己に還る習性と表裏一体ではないか。一海さんの想像力は飛躍や突進型ではない。いつも自分の歩幅と速度を崩さず、必要な気配りとともに流れてゆく。

忘れられない言葉

　何気ない会話で幾つか忘れられないものがある。ある時、英文学ではバジル・ウィレイの十七、十八、十九世紀思想研究三部作で、彼がすごい博識から散文もそのまま暗記して引用するので誤まりも多いことを話した。また多くの英文学研究者は聖書やシェイクスピアの用語索引辞典や引用語辞典のお世話になると言った。すると一海さんは中国文学では四書五経はすべて暗記しているのが学者になる前提だと話された。大山定一・吉川幸次郎『洛中書問』（筑摩書房）の吉川先生が、研究とは原典の正確な読み（典拠の知識を含め）こそ第一、とされた伝統が最良の形で引き継がれているように思う。

もう一つは「やっと最近、一〇〇〇字の原稿は一〇〇〇字に、二〇〇〇は二〇〇〇に収まるようになった」と口にされたが、それは今から二〇年かもっと前のことである。一海さんが原稿を書き直されないのは有名であったが、このようなことを口にされたのは珍しい。おそらくそれなりの大変な苦労がやっと克服できた嬉しさをあらわされたのかもしれない。

▲講義中の一海知義氏（1971年）

先の中国詩人選集の『陶淵明』からあとしばらくして、一海さんの着実に増えていった著作をしばしば頂くようになった。これらの中で直接「陸放翁」など未知の詩人を教えていただいたり、漢字そのものの知識をより正確に厳密に鍛えていただいた幾つかの著作、優れたエッセイで漢詩文の教養に裏打ちされた知性のめでたさを楽しませていただいた部分などいろいろあるが、最も恩恵にあずかったのは、すでに多少経験していた世界をあらためてきちんと整頓するすべを教えて頂いたところにある。

この膨大な著作を頂きながら、勝手な気まぐれの部分的な味わいに終わっていた恩知らずな後輩には、今回の著作集はまたとない回生の機会となってほしい、いやそうすべきと思う。

（構成・編集部）

（ふろもと・たけとし／愛知学院大学客員教授）

リレー連載　今、なぜ後藤新平か　44

ふたりの「大風呂敷」

矢崎総業株式会社顧問　尾崎　護

災いを発展に転じる発想

いま世界は未曾有の金融混乱・経済混乱に悲鳴を上げている。グローバル化が逆目になって世界同時大不況になってしまった。今のところ景気回復の牽引車となりそうな国は見つからない。

政府は雇用、社会保障、需要喚起に財源を振り向け、何とか景気の落ち込みを防ごうとしている。失業・倒産などの増加ぶりを見れば当然のことといえよう。ただ、こんなときこそ、災いを転じて未来の発展につなげる透徹した眼力を持って対策を考えて欲しいものだ。

例えば、廃墟と化した敗戦後の日本には、防衛費を最小限に抑えて資源を産業振興に振り向けて、奇跡といわれた経済成長をかちとったリーダーたちがいる。台風、震災、大火事等の不幸に遭遇しながら、その復興に際して、地域の将来を見据え近代化を図った例も少なくない。今回の不況だって新しい発展の踏み台にならないはずがない。

後藤新平はこのような時期に想起するのに好個の人物であろう。文明から置き忘れられた未開発地であった台湾で見せた経綸、広野を貫通する南満州鉄道の経営などで、彼が残したハード面・ソフト面のインフラ整備は後世に多くの恩恵を残している。

関東大震災の直後に内務大臣に就任した後藤新平は帝都復興院を立ち上げ、自ら総裁に就任して復興事業に取り組んだ。後藤は「復旧」ではなく「復興」だと言ったと伝えられるが、災難を発展に転じようという彼の意欲をあらわすことばである。しかし、東京の将来の発展を見据えた復興計画は後藤批判の決まり文句である「大風呂敷」との批判を浴びた。

彼の提案になる事業の一つに新橋・三ノ輪間をつなぐ昭和通りがある。その幅員四十四メートルと道路の中央に設置されたグリーンベルトは、江戸伝来の通りを見慣れた人びとの目にはあるいは大風呂敷の象徴とも見えたかもしれない。

もう一人の「大風呂敷」由利公正

▲復興計画を練る後藤新平

東京の道路改良では、大風呂敷との批判を受けた人物がもう一人いる。明治四年から五年まで東京府知事を務めた由利公正である。

きっかけは明治五年二月に築地一帯を焦土と化した大火事であった。このとき、西本願寺別院や築地ホテル館、それに木挽町三丁目にあった府知事公舎なども類焼した。

由利は、江戸の華とか言われながら毎年のように住民の財産を損じている火事の延焼対策として、道路の拡幅と耐火性の高い煉瓦建築の奨励を考えた。煉瓦建築は実現し、銀座の煉瓦街として名所にまでなったが、道路の拡幅についての案は大風呂敷と嘲笑された。彼は銀座通りの幅員を二十五間にすべきだと主張したのである。二十五間は約四十五メートルだから、後藤が考えた昭和通りの幅員とほぼ同じである。由利は、おいおい馬車の往来の数も増えるし、いま拡幅しておかないと、ひとたび道路沿いに建築された建物を建て直すことは容易ではないと説きに説いたが、政府は十五間までしか認めなかった。しかし、江戸時代には大通りでも幅八間とされていたようだから、十五間は画期的なものではあった。

後藤や由利の場合、大風呂敷とはつまり先見の明である。このふたりの構想が全面的に採用されていれば、東京の戦災被害も違ったものになったと思うし、東京の街並みはもっと垢抜けしたものになっていただろう。後藤や由利が考えもしなかったであろう人口減少という新事態を視野に置き、大風呂敷と言われることを厭わず、長期ビジョンをもって日本経済の建て直しに当たりたいものである。

おざき・まもる　一九三五年生。大蔵省主税局長、国税庁長官を経て、大蔵事務次官、国民生活金融公庫総裁などを歴任。著書に『財政政策への視点』『低き声にて語れ』『吉野作造と中国』など。

Le Monde

■連載・『ル・モンド』紙から世界を読む　74

イスラムと共和制

加藤晴久

一九七九年、パーレビ王朝を倒したイラン革命。その最高指導者ホメイニ師（一九〇二～八九）が掲げた目標は独立・イスラム共和制・自由だった。

独立は達成された。大学出ながら印刷工の青年でさえ認めている。「革命のおかげで、ぼくの運命がロンドンやワシントンで決められる、ということはなくなった」。

自由と民主主義はどうか。街のなかを風俗取り締り隊がパトロールし、髪の毛がスカーフからはみだしている若い女性や手をつないで歩くカップルを取り締まっている。二〇〇三年のノーベル平和賞受賞者エバディ弁護士の家は数週間前に襲撃・破壊され、主宰する人権センターの事務所は閉鎖され、情報機器のすべてを没収された。彼女によると「死刑執行（年平均三〇〇人）、新聞の発禁処分、知識人への弾圧」がやまない。選挙があれば、革命防衛委員会が候補者を判別し、改革派を排除している。国会の野党議員は定員二九〇名中の二、三〇名のみ。

経済はどうか。二〇〇五年に当選したアフマディネジャード大統領は民衆迎合のデマゴギー政治で、ため込んだオイルマネーを国民に直接ばらまいて（「魚の捕り方を教えずに魚をくれてやった」と批判された）インフレ（二九％）を誘発。国家予算の半分は原油輸出の売り上げでまかなっているのに、一バレル一四七ドルが五〇ドル以下に下落。失業率十五％。貧困ライン以下の生活者が八〇〇万人（総人口七〇〇〇万人）。テヘラン貧民街の児童センターのこどもたちの七〇％はチューインガムを売ったり段ボールを拾ったりして路上で働いている。女の子は十四、五歳で口減らしのために結婚させられている。六月十二日に大統領選挙がある。改革派の希望は、イランの人口の半分は三十歳以下であること、というのだが……（『ル・モンド』二月十一日付）。

「イスラム」共和国だから経済も（「共和制」と不可分の）民主主義も発展しないのだ、と断定するのが短絡的であることは、ことし革命五十周年のキューバの現状を見れば明らかなのだが……。

（かとう・はるひさ／東京大学名誉教授）

リレー連載　いま「アジア」を観る　76

江戸時代知識人に問う

楠木賢道

私の勤務校の史学は、日本史・東洋史・西洋史の旧態然とした三コースと歴史地理コースからなる。開学以来変わっていない。旧態然、結構。史料読解力・洞察力など研究に必要な能力の涵養は旧態然としたディシプリン教育にかかっているからだ。

ただ旧態然に安寧してはだめだ。体得した能力の汎用性を信じ、他分野に挑みかかる気概がほしい。私は学生時代から、清朝史に取り組んできたが、このような内省から、江戸時代の知識人の清朝理解をテーマに、日本史に踏み込んで若干論文を書いてきた。もっとも最初のころは、単なる好事家的嗜好に過ぎなかったが。荻生徂徠《おぎゅうそらい》・北渓《ほっけい》兄弟の清朝研究から手をつけ、大田南畝《おおたなんぽ》、そして現在は『鎖国論』の訳者、志筑忠雄《しづきただお》までたどり着いた。

この場合の私の立ち位置は、脱亜論・侵略史観・満蒙史などを内包する近代東洋史学に影響されたり、否定したりしながらも、その延長線上にいる自己を認識して、近代以前の知識人が、唐土《もろこし》（中国本土・明朝の遺領）と韃靼《だったん》（内陸アジア）の総体である清朝をどう理解していたのかを探求するところにある。

彼らは、無意識に明・清両王朝の連続性を前提として論じるような過ちを犯していない。清朝の集権的な特徴よりも、自ら身を置く幕藩体制との比較から権力分散的な状況に注目している。また民族《ネーション》・民族集団《エスニックグループ》といった概念を持ち合わせていないにもかかわらず、自らの言葉で、清朝の持つ民族的多様性・文化的多元性を説明している。志筑は、大清皇帝の持つ王権の正統性が、チベット仏教の大施主という立場を介して、モンゴル帝国ハーンであり、かつ大元皇帝であるフビライに遡及することを見抜いている。これは現代中国のチベット問題を考える上で核心部分である。

四月からは、一年次履修の史学概論を担当するが、これを題材にして、十代の若者に、アジアとは何か、中国とは何か、問いかけてみよう。

（くすのき・よしみち／筑波大学准教授・清朝史）

連載　女性雑誌を読む　13

『女性改造』（十三）

尾形明子

毎号、編集者が熱い思いを編集後記に語っていたのに、大正十三年五月号には編集後記がない。その代りに『改造』六月号に、折込みで大広告が入る。

「『女性改造』の大飛躍」と題し『女性改造』は七月号より内容を全然一新します。そして我国唯一の高級雑誌として、学術、文芸、宗教方面に特に意を用ゐます。そして誰の前にても読める気品の高い、気持のよい雑誌といたします。今まで『女性改造』に不満であった人々も七月以後は真に本誌に懐かしさを有つやうになられることと思ひます。『改造』の読者を通じて世の女性の人々へお伝へを乞ひます。而し本誌は男子の読者にあまり好意を持ちません。願くは『女性改造』は女性のみの雑誌であるやうに今後は編集します」。

活気があって面白く、雑多な魅力に満ちていた三巻目だったのに、どうやら内部には、更なる変更を余儀なくされる事情があったようである。編集者の顔はあいかわらず見えないが、その右往左往する様子は伝わってくる。売行きは良かったようだが、大衆化路線にたいして批判が相次いだということだろうか。『主婦之友』や『婦人公論』との差異を明確にして、教養誌として特化したかったのだろうか。

次の六月号の「校正室にて」は、当然ながら『改造』折り込み広告を受けてトーンが変わる。「本誌の程度を引下げて幾万の読者を得やうより、却つて程度を引上ぐることとしました。堅実なる我が母性の創造にまたねば我国の前途は危ないものです」。どうやら『女性改造』の目的を「多難多事の国に生れて、そしてその多事多難を切り抜くべき有為の男児の母となるべき」ことに定めたようである。

編集方針の変更は、思うように改造することの出来ない女性たちへの苛立ちばかりか、政治も社会も旧態に止まり、社会改革をなしえない男社会への絶望から発されているようにも思う。しかしそれは、その後の昭和の戦時体制下で、女性たちに「産めよ増やせよ」と言い、「強い優秀な男の子」の母親となることを求めた、為政者たちと大差ない男の発想なのではないか。

（おがた・あきこ／近代日本文学研究家）

■連載・生きる言葉　25

学芸員万歳！

粕谷一希

> ケンブリッジではキングス学寮で学んだ。卒業試験の際、初歩的な誤りをして、大学に残るという望みは断たれた。大英博物館で学芸員を募集していると聞き、受験して一九一三年に採用された――。
>
> （平川祐弘『アーサー・ウェイリー　「源氏物語」の翻訳者』三四頁）

A・ウェイリーは日本に来たこともなく、日本語を独学して『源氏物語』を訳した、とは前から耳にしていたことだが、大英博物館の学芸員だったことは今回初めて知った。日本の東京大学法学部でも、卒業時の成績で生涯の地位が決まった。トップは大蔵省か日銀に進んだ。もっとも一番は大学に残った。我妻栄が一番で岸信介は二番だった、日銀の三重野明が大蔵省に睨みが効くのは、一高の自治寮で委員長だったためである、といった噂話が、ながく日本の社会を支配していた。

本来、カレッジの生活の充実こそ目標であるべき大学が、いつの間にか試験至上社会に変質してしまった。それと同様なことが、実は英国のオックスブリッジでも通用していたのである。人間とはいい加減なものである。人間の社会システムは、本来、生涯にわたって、再チャレンジの機会をつくらなくてはならない。他人の選ばないコース、独自な発想こそ、実社会で社会を動かす動因なのだ。〝選ばれた少数者〟とはそういう意味だろう。

A・ウェイリーが学芸員だったとすれば、日本の学芸員からも、新しい天才が生れる可能性がある。そういえば、萩原延壽、加藤典洋、阿刀田高など、国会図書館の学芸員だった。実際には、今日の学芸員の多くは契約社員である。しかし、奮起して志を立てれば、国際的な仕事もできるのだ。学芸員がんばれ！と声援を送りたいところである。

＊＊＊

日本は欧米に劣らない文明社会であることが、日々明確になってきた。アカデミー賞受賞もそうした意味をもっている。日本人よ、ローカルにならず国際人を目指せ！

（かすや・かずき／評論家）

連載 風が吹く 15

病気と遠藤さん

―遠藤周作氏―

山崎陽子

遠藤さんが、上顎《じょうがく》がんの疑いがあると診断されたのは、素人劇団「樹座」公演の寸前だった。「公演が終わったら手術するんだが、片頬をえぐり取ることになるかもしれんのや」あまりにも沈痛な遠藤さんの面持ちに、打ち明けられた三浦朱門さんも私も息をのんだ。

「歯茎を切って、顔の皮をめくり上げて手術するらしい」。怯える遠藤さんを励まさねばと焦るあまり、日ごろ沈着冷静な三浦さんが大失言。「面白いじゃないか。カワハギみたいになった自分の顔が見られるかもしれんぞ」。遠藤さんは「親友だからって、言うていいことと悪いことがある」と怒りだし、しょんぼりした三浦さんを、私が慰める始末だった。

ところが実際は単なる蓄膿症。遠藤さんは、恐怖に苛《さいな》まれた分を取り戻さんばかりの勢いで、蓄膿手術の一部始終を吹聴し、ご機嫌だった。

「カワハギにはならなかったが、歯茎を切って、そこから頬に溜まった膿を掻い出すんや。そのとき目玉も一緒に流れだしてしもてな。慌てて目玉を掬《すく》って、よくゆすいで元に戻した。だから見てみい。この澄んだ目を！」といった具合である。

遠藤さんは、様々な病気を経験しておられたから、病人に対する思い入れには並々ならぬものがあった。およそ病気とは無縁だった私が、珍しく風邪で寝込んだ時など、何とか激励しようと長電話で風邪についての蘊蓄《うんちく》を傾け、お見舞いに薔薇を贈ったと仰る。感激しつつも咳と熱に喘いでいるところへ、花は着いたかという電話である。

「えっ、まだ届かない？ 遅いな」「一番高い真紅の薔薇を張りこんだのに、まだか」「花屋に聞いたら、もう着く頃だそうや」。十分おきの電話は薔薇の到着まで続き、病人はオチオチ眠ることも出来なかったが、鮮やかな花びらの真紅と共に、遠藤さんの優しさは胸にしみた。

ところが元気になって感謝を口にしようとすれば、「ババアにバラっていう語呂合わせやないか」と憎まれ口を叩く。遠藤流の優しさは、いつでも、誰に対しても、〝ナックルボール〟であった。

（やまざき・ようこ／童話作家）

連載　帰林閑話　173

哲学という言葉

一海知義

哲学という言葉の定義は、なかなか難しい。そこで最も安直な方法として、辞書を引く。たとえば『広辞苑』（第六版）から摘録すると、

①物事を根本原理から統一的に把握・理解しようとする学問。

②俗に、経験などから築き上げた人生観・世界観。

哲学の「哲」という文字は、中国の古い字書にすでに見える。しかし「哲学」という語は、古代中国にはなかった。

中国最古の字書『説文解字』（紀元一〇〇年完成）にいう。

哲は、知なり。

そして哲の字を含む熟語、哲人、哲士、哲夫、哲婦などは、古くからあったが、「哲学」は十九世紀以前の中国の文献には見えない。

「哲学」は中国産でなく、日本製の漢語である。明治初年、啓蒙思想家西周《にしあまね》（一八二九—一八九七）が、philosophy の訳語に「哲学」の二字を当てたことは、今ではよく知られている。そして一八八一（明治十四）年、井上哲次郎らが日本最初の哲学辞典『哲学字彙』を刊行して、「哲学」の語は広く通用するようになった。

しかしその頃、中国の学者たちは、哲学という言葉を知らなかった。著名な学者兪樾《ゆえつ》（号は曲園、一八二一—一九〇六）を訪問した日本の漢学者小柳《おやなぎ》司気太《しげた》（一八七〇—一九四〇）は、帰国後「兪曲園の哲学」という論文を書いた。それを読んだ兪樾は、「わしの学問は哲学というのか」と驚いた。

この話、吉川幸次郎『人間詩話』（岩波新書、一九五七年）に見える。

なお兪樾は、寒山寺の石碑、唐・張継「楓橋夜泊」の墨蹟によって、日本でも知られている。

驚いた彼は、一篇の漢詩を作った。その末尾二句にいう。

誰か知らん　我は即ち哲学家
東人に言有りて　我は始めて覚《さと》れり

謹厳な学者兪曲園先生の、ちょっぴり得意げな苦笑いが、目に浮かぶようである。

（いっかい・ともよし／神戸大学名誉教授）

三月新刊

後藤新平の思想を探る新シリーズ第一弾！

シリーズ「後藤新平とは何か——自治・公共・共生・平和」

自治

歿八十年記念企画

後藤新平歿八十周年記念事業実行委員会編

特別寄稿＝鶴見俊輔・塩川正十郎・片山善博・養老孟司

医療・交通・通信・都市計画・教育・外交などを通して、後藤の仕事を終生貫いていた「自治的自覚」。特に重要な「自治生活の新精神」を軸に、二十一世紀においてもなお新しい後藤の「自治」を明らかにする問題作。

四六変上製　二二四頁　二三一〇円

世界が注目するイスラーム世界の新鋭

変わるイスラーム

源流・進展・未来

レザー・アスラン　白須英子訳

いま起きているのは、イスラームの「内部衝突」と「宗教改革」であり、その民主化の手がかりは「イスラーム」の再定義にこそある。イスラームの全歴史を踏まえつつ、多元主義的民主化運動としての「イスラーム」の原点を今日に甦らせる！

A5上製　四〇八頁　五〇四〇円

希望者全員にワクチン事前接種を！

〈増補新版〉強毒性新型インフルエンザの脅威

岡田晴恵編

①ワクチンの国民全員分の備蓄は技術的・財政的にすでに十分可能②流行ピーク後も免疫がなければ安心して外出できない③免疫獲得には感染かワクチン接種か以外にない——「ワクチン問題」の一章を増補。インフルエンザのメカニズムから考えるプレパンデミック・ワクチンの重要性。

A5判　二三二頁　二三一〇円

古代から現代まで生き続ける漢詩の魅力

一海知義著作集（全11巻・別巻一）

8 漢詩の世界II

六朝以前〜中唐　［第6回配本］

三千年前から詠み継がれてきた漢詩の魅力とは？　約二五〇作品を時代別・詩人別に配列、じっくりと味読。

［月報］丹羽博之・風呂本武敏・舩阪富美子・高倩藝

四六上製布クロス装　四二四頁　八八二〇円

精神史の旅の向こうから、また新たな旅が始まる

森崎和江コレクション　精神史の旅（全5巻）　完結

5 回帰

［解説］花崎皋平

旅から得たものは、個々の地域へのまなざし、そしてかけがえのない〝地球〟をまるごと抱きしめること。その歩みのすべてが〝いのち〟への旅だった。

［月報］金時鐘・川本隆史・藤目ゆき・井上豊久

四六上製　四〇〇頁　三七八〇円

読者の声

空と風と星の詩人　尹東柱《ユンドンジュ》評伝■

▼北間島、一度訪れてみたいと念願にしております。
（長野　内科医　**色平哲郎**　49歳）

黒い十字架■

▼私は仏教徒で親鸞聖人の門徒である。その論理とキリスト教とのそれは大変酷似しているのに、以来キリスト教がこの国に定着せず現在でも信徒数が相対的に少いという現象に興味を持っている。この書を読み、そして今は堀田善衞氏の『海鳴りの底から』をまた読み出した。
（埼玉　**月森英之**　71歳）

世界の多様性■

▼トッドの和訳本は全部読んでいて、この作品は待たれておりました。図や表も多いので、四月からの授業で使わせていただくことにいたしました。
（千葉　大学教授　**高山眞知子**　68歳）

昭和とは何であったか■

▼大阪毎日の「五十年後の太平洋」興味深く拝見。小生の父、桝居伝六は、一九二二年、アメリカから十数年ぶりに帰国し、大阪毎日に勤め、この企画にも参加したように、戦時中に聞きました。父はその後、ジャパンタイムス、電通にも勤め、上智大学で政治学を講じたりしておりました。一読、往年の記憶が甦りました。
（奈良　**桝居孝**　82歳）

言魂《ことだま》■

▼安倍元首相が語った「美しい国日本」は、石牟礼さんの語られるようにどこにあるのでしょう。鶴見和子さんがリハビリ一八〇日の制限の中で憤死に近い形で亡くなられたことを多田さんの書簡で知りました。鶴見さん「戦争が起これば、老人は邪魔者である。……費用を倹約するのが目的ではなくて、老人は早く死ね、というのが主目標……」石牟礼さん「水俣のかくも長期にわたる意図的放置の高度経済成長の裏側……」棄民政策の中で、水俣の住民は棄てられた。今もまだ棄民。老人も捨てられるこの国。鶴見さん「……老いも若きも、天寿をまっとうできる社会が平和な社会である……」この国を崩壊に導く安倍元首相、小泉元首相をまだ追いかけるテレビ局とはなんのためにあるのでしょう。国民を不幸に導いて金儲けする社会から、日本人は目を覚すべきだ。すばらしい書簡で、問題がひとつひとつ胸につきささりました。日本人を棄民にして儲ける社会は悲しい。お二人の文章の美しさに感心しました。すばらしい本です。（東京　**成瀬功**　68歳）

未完のロシア■

▼とても読み応えのある一冊でした。ロシアがどのように形づくられてきたのかを今日の視点から解き明かしているところが印象強いと思います。これからのロシアを見ていく上でも参考にできる内容があるように感じました。
（愛知　会社員　**松浦満夫**　45歳）

言語都市ベルリン■

▼十九世紀末から二十世紀の前半におけるベルリンは日本人のみならず多くの人々がその情景を回顧している。一方、第三帝国、冷戦の大きな隔りにより私たちには身近なものになりにくくなった。日本からの直行便も西部南部ドイツに行くだけである。近い将来、ベルリンの空港が拡張され、本格的な国際空港として活動するとき、この都市を改めて観てみたい。そんな気持ちになる書物である。
（東京　会社員　**鈴木仙太郎**　48歳）

美のうらみ■

▼岡部伊都子氏の作品は大すきで愛読しております。そして沢山なことを教えていただきます。臼杵の名仏群ぜひこの本持参で訪ねてみたいです。又近江の三上山のみえる来迎寺も近江の正倉院とよばれる程の寺とか。ぜひと思いますが場所が解りません。坂本辺りかしら等々想像しています。

（静岡　主婦　**山田静子**）

帝国以後■

▼「乳幼児死亡率」からその国の姿を捉え、ソヴェット連邦の崩壊や今回の金融危機とそれに連動した実体経済危機〈大不況〉を予想した。その直感は鋭い感性とデータを基礎とすることが土台となっていると思う。『文明の接近』、『「帝国以後」と日本の選択』をともに購入したので、精読したい。

（滋賀　**高野和彦**　70歳）

「アメリカ」が知らないアメリカ■

▼アメリカは大きな国で、東海岸の諸地域について、太平洋沿岸の人々は全く知っていないし、知ろうともしない。また、政府のやっていることは、一般の人々には余り知らされなくて、分らないことが多い。私は二年ばかりアメリカで暮らして、それを痛感した。そうしたことを扱った本書は、私には素晴らしい書だと感じられた。

（東京　**岸田純之助**　89歳）

※みなさまのご感想・お便りをお待ちしています。お気軽に小社「読者の声」係まで、お送り下さい。掲載の方には粗品を進呈いたします。

書評日誌（一・一七〜二・一四）

(書)書評　(紹)紹介　(記)関連記事
(TV)紹介、インタビュー

一・一七　(書) 毎日新聞「〈不発弾〉と生きる」（「三〇年前の戦争が今も人々を苦しめる」／「不発弾の不条理」／「大石芳野さん写真集『祈りを織るラオス』」／「出版機に篠田監督と対談」／佐藤賢二郎）

一・二二　(書) 中日新聞「黒い十字架」（「週刊読書かいわい」／「もう一つのキリシタン史」／清水良典）

一・二五　(書) 読売新聞「〈不発弾〉と生きる」（「本よみうり堂」）

一・二六　(書) 朝日新聞（夕刊）「〈不発弾〉と生きる」（「窓　論説委員室から」／「祈りを織る」／辻篤子）

(紹) 東京新聞（夕刊）「石牟礼道子・詩文コレクション」（「石牟礼文学体感イベント」）

一・二七　(書) 京都新聞「黒い十字架」（「海外の視点から江戸期の宣教描く」）

(紹) 毎日新聞「一海知義著作集⑩漢字の話」（「余録」）

一・二八　(紹) 聖教新聞「黒い十字架」（「新刊短評」）

(書) 朝日新聞「帝国以後」「環36号」（「論壇時評」／「米新政権と世界」／「力より冷静な協調必要」／松原隆一郎）

一・二九　(書) 週刊文春「日本を襲ったスペイン・インフルエンザ」（「私の読書日記」／「小林・益川理論、ミケランジェロ、黒死病」／立花隆）

一・三一　(書) 産経新聞「黒い十字架」（「松原久子さん新著『黒い十字架』」／「世界史から見た島原の乱」／桑原聡）

一月号　(紹) e-hon news 一八号「戦後思潮」

(紹) 季刊アートイット no. 22「脱＝社会科学」（候瀚如）

(紹) くらくら通信第三号「狭山裁判」（「のらりくらり」）

一・二月合併　(紹) みすず「歌姫コンシュエロ」（原章二）

二・一　(書) 読売新聞「『内発的発展』とは何か」（「本よみうり

堂」／「他律でも自律でもなく」／小倉紀蔵）

二・二　紹　東京新聞・中日新聞「森崎和江コレクション」（「出版情報」）

二・二　紹　公明新聞「別冊『環』⑮　図書館・アーカイブズとは何か」

二・五　紹　中外日報「黒い十字架」（『世界史の中の島原の乱・前夜』テーマに」／「加州在住松原久子氏　出版記念し来日公演」／「愛や平和の強調は一八世紀以降のこと」／「キリスト教を分析」／『誰でも時代精神に影響される』」）

二・六　書　週刊読書人「三生三世」（「読物文化」／「貴重な歴史的証言」／「特異な文学的態度から生まれる」／丸川哲史）

二・八　書　日本経済新聞「美術批評の先駆者、岩村透」（「美術史学の成立検討する評伝」／五十殿利治）

紹　信濃毎日新聞「〈不発弾〉と生きる」（「斜面」）

二・一一　書　聖教新聞『内発的発展』とは何か」（「自在に展開される思想の対話」）

二・一五　書　琉球新報「〈不発弾〉と生きる」（「出版話題」／「日常の中の恐怖との闘い」／三木健）

書　北海道新聞「〈不発弾〉と生きる」（「現代読書灯」）

二・一六　書　公明新聞「美術批評の先駆者、岩村透」（柏木博）

二・二四　紹　朝日新聞徳島版『バロン・サツマ』と呼ばれた男」（『バロン薩摩』再評価」／「本格評伝が出版」／「徳島で晩年過ごす」）

書　KINOKUNIYA　書評空間BOOKLOG「森崎和江コレクション」（早瀬晋三）

二月号　書　出版ニュース「美術批評の先駆者、岩村透」（「ブックガイド」）

〈石牟礼道子・詩文コレクション〉発刊記念の集い
講演と朗読、音楽と映像の世界　part2

光凪——花を奉る

二月十日（火）、東京都千代田区の内幸町ホールで、作家・石牟礼道子さんの作品の朗読をメインとしたイベント「光凪《ひかりなぎ》——花を奉る」が開かれた。

まず第一部として、写真家の大石芳野さんが、自らも戦禍の犠牲となった人々を撮りつづけてきた経験から、石牟礼作品を読んでの深い感銘、そして読めば読むほど言葉にできない思いが沸いてくることが語られた。

第二部では、藤原書店より刊行されているＤＶＤ—ＢＯＯＫ『海霊の宮——石牟礼道子の世界』（全九五分、金大偉監督）からハイライトが上映された。

そしていよいよ第三部で、俳優の佐々木愛さん（劇団文化座）が登場。本イベントの総合演出も手がけた金大偉氏によるピアノ、都山流師範の原郷界山氏による尺八をバックに、石牟礼道子さんの小説作品『天湖』『椿の海の記』『苦海浄土』より、また詩「花を奉るの辞」「道行」などを朗読された。時には堂々と、時には消えいりそうなはかなさで読みあげられ、あたかも目前に不知火海が広がるような思いをさそうその朗読を聞きながら、数々の石牟礼作品群に新たな光が与えられる思いがした。

このイベントは、〈石牟礼道子・詩文コレクション〉（全七巻）の四月発刊を期して企画されたものである。発刊が待たれる。

（記・編集部）

五月新刊

＊タイトルは仮題

われわれにとって「民主主義」とは何か

環 学芸総合誌・季刊【歴史・環境・文明】Vol. 37

【特集】「民主主義」を問う

〈詩〉「「民主主義」について」高 銀
「デモクラシー以後」E・トッド
〈座談会〉「「民主主義」を問う」
粕谷一希＋新保祐司＋中本義彦
〈インタビュー〉「民主主義とは何か」片山善博
R・アスラン／米谷ふみ子／金明仁／子安宣邦／水島和則／橋本五郎／中馬清福／岡村遼司／一海知義／沓掛良彦／西宮紘 ほか
〈対談〉O・パムク＋S・ラシュディ
松原久子＋川勝平太
〈寄稿〉松原久子／伊藤綾
〈連載鼎談〉「自治」とは何か Part 4
片山善博＋塩川正十郎＋養老孟司
〈インタビュー〉チャールズ・テイラー
〈講演〉「熊沢蕃山と横井小楠」源了圓
〈書評・書物の時空〉
大沢文夫／高橋英夫／安丸良夫／武藤秀太郎／伊藤英人／三神万里子／丹野さきら
〈新連載〉「古文書から見る榎本武揚」合田一道
〈連載〉小倉和夫／橋爪紳也／能澤壽彦／金時鐘／石牟礼道子

世界史の中で「清朝」を問い直す

清朝とは何か

別冊『環』⑯ 岡田英弘編

〈インタビュー〉清朝とは何か 岡田英弘

■I 清朝とは何か
大清帝国にいたる中国史概説 宮脇淳子
世界史のなかの大清帝国 岡田英弘
マンジュ国から大清帝国へ 杉山清彦
漢人と中国にとっての清朝、マンジュ 岩井茂樹
清代満洲人のアイデンティティと中国統治 M・エリオット

■II 清朝の支配体制
大清帝国の支配構造 杉山清彦
「民族」の視点からみた大清帝国 村上信明
大清帝国とジューンガル帝国 宮脇淳子
清朝とチベット 山口瑞鳳
露清関係史 柳澤 明
雍正帝の政治 鈴木 真
貨幣史から描く清朝国家像 上田裕之

■III 支配体制の外側から見た清朝
「近世化」論と清朝 岸本美緒
江戸時代知識人が理解した清朝 楠木賢道
琉球から見た清朝 渡辺美季
蝦夷錦＝北方での清朝と日本の交流 中村和之
清代の西洋科学受容 渡辺純成
近世ユーラシアのなかの大清帝国 杉山清彦
大清帝国と満洲帝国 宮脇淳子
〈付〉年表／地図／系図 その他コラム多数

フランス版「遠野物語」

ブルターニュ 死の伝承

アナトール・ル＝ブラーズ
後平澪子訳

仏ブルターニュに、一九世紀末まで残された「死」をめぐる伝承を、当時の民話収集家がブルトン語で聞書きした第一級の歴史資料＝文学作品の決定版。「死」を隠蔽するだけの現代社会とは異なる、「死」との豊かな関係は、今日の我々自身の硬直した「死」への向き合い方をも解き放つ。

ロシア側による初の日露関係史

後藤新平と日露関係史

ワシーリー・モロジャコフ
木村汎監訳

シベリア出兵、ヨッフェ招聘、スターリン対談など、後藤とロシアとの深い関わりに、ロシアで公開された新資料を駆使して初めて迫る。

時代別・詩人別に作品を味読

一海知義著作集（全11巻・別巻一）

9 漢詩の世界III
中唐〜現代／日本／ベトナム

本巻では、「韻文」から「散文」の時代に入った中唐以降現代までの中国の作品と、同じ漢字文化圏の日本・ベトナムの作品を扱う。

【月報】松村昂・太田進・上里賢一・福島理子 【第7回配本】

4月の新刊

タイトルは仮題、定価は予価。

■発刊■
石牟礼道子・詩文コレクション(全7巻)＊ 内容見本呈
❶猫 町田康＝解説
❷花 河瀬直美＝解説
題字・石牟礼道子 画・よしだみどり 装丁・作間順子
B6変上製 各二〇八頁 各二三一〇円

学問と芸術＊
内田義彦 山田鋭夫編＝解説
四六変上製 予二〇八頁 二三一〇円

科学から空想へ＊
よみがえるフーリエ
石井洋二郎
四六上製 三六〇頁 四四一〇円

近代日本の社会科学と東アジア＊
武藤秀太郎
A5上製 二六四頁 五〇四〇円

5月刊

学芸総合誌・季刊
『環 歴史・環境・文明』㊲ 09・春号＊
〈特集・「民主主義」を問う〉

別冊『環』⑯
清朝とは何か＊
岡田英弘編

ブルターニュ 死の伝承＊
アナトール・ル＝ブラーズ
後平澪子訳

後藤新平と日露関係史＊
ワシーリー・モロジャコフ
木村汎監訳

一海知義著作集(全11巻・別巻1)
⑨漢詩の世界Ⅲ＊ [第7回配本]
中唐〜現代／日本／ベトナム

好評既刊書

■発刊■ 季刊
シリーズ「後藤新平とは何か――自治・公共・共生・平和」
後藤新平歿八十周年記念事業実行委員会編
自 治＊
〈続刊〉官僚政治 都市
四六変上製 二二四頁 二三一〇円

変わるイスラーム＊
源流・進展・未来
レザー・アスラン 白須英子訳
A5上製 四〇八頁 五〇四〇円

〈増補新版〉強毒性新型インフルエンザの脅威＊
岡田晴恵編
A5判 二三二頁 二三一〇円

一海知義著作集(全11巻・別巻1)
⑧漢詩の世界Ⅱ＊ [第6回配本]
六朝以前〜中唐
四六上製布クロス装 四二四頁 八八二〇円

空と風と星の詩人 尹東柱《ユンドンジュ》評伝
宋友恵(ソン・ウヘ) 愛沢革訳
四六上製 六〇八頁 六八二五円

学芸総合誌・季刊
『環 歴史・環境・文明』㊱ 09・冬号
〈特集・世界大恐慌か?〉
トッド／榊原英資／バディウ／辻井喬 ほか
菊大判 三三六頁 三三六〇円

国家の神秘
ブルデューと民主主義の政治
P・ブルデュー&L・ヴァカン ほか
L・ヴァカン編 水島和則訳
四六上製 三四四頁 三九九〇円

森崎和江コレクション――精神史の旅(全5巻)＊ 完結
❶産土 姜信子＝解説
❷地熱 川村湊＝解説
❸海峡 梯久美子＝解説
❹漂泊 三砂ちづる＝解説
❺回帰 花崎皋平＝解説
四六上製 各巻三七八〇円

＊の商品は今号に紹介記事を掲載しております。併せてご覧戴ければ幸いです。

書店様へ

▼2/28(土)(再放送3/22(日))NHK-BS1「未来への提言」でのE・トッド特番「人類学者エマニュエル・トッド〜アメリカ〝帝国〟以後の世界を読む〜」放送で**『帝国以後』**や**『「帝国以後」と日本の選択』**を中心にE・トッド大ブレイク！ **『帝国以後』**は怒濤の12刷！ 再々放送も決定。1月刊**『環』vol. 36〈特集・世界大恐慌か？〉**には、トッド最新インタヴュー「アメリカ覇権という信仰の崩壊――自由貿易主義からの脱却」掲載！ 引き続き既刊関連書と共に大きくご展開を。▼先月刊**『変わるイスラーム』**著者**R・アスラン来日**で、『朝日』『毎日』『日経』共同などの取材のほか、NHK-BS1「きょうの世界」にも出演！ 今後の関連記事ご期待下さい！▼また、**『ケインズの闘い』**の**G・ドスタレール**、**『プラスチック・ワード』**の**U・ペルクゼン**、それぞれの来日関連記事にもご期待を。▼先に3/4(水)『毎日(夕)』「展望/広角」欄でも紹介の**P・ブルデュー＋L・ヴァカン『国家の神秘』**も、更に3/15(日)『読売』大書評で絶好調。(営業部)

岡部伊都子さん一周忌

〈公開フォーラム〉

あらたな「人権への視座」を求めて

――岡部伊都子さんを偲んで

〈基調講演〉辺見 庸（作家）

〈岡部伊都子さんの作品朗読〉

〈シンポジウム〉金時鐘（詩人）

鎌田 慧（ルポライター）

尾形明子（日本近代文学）

コーディネーター 岡村遼司（早稲田大学）

【日時】二〇〇九年五月九日（土）

午後一時半～（開場一時）

【場所】早稲田大学大隈小講堂

（早稲田キャンパス内）

＊入場無料　＊定員三〇〇名（先着順）

【共催】早稲田大学／藤原書店／現代女性文化研究所

出版随想

▼「春三月縊《くび》り残され花に舞う」春三月になるとどういうわけかこの句が思い出される。これは、幸徳秋水ほか一一名が処刑された「大逆事件」（一九一一年）後に書いた大杉栄の一句である。その時大杉は、赤旗事件で獄中に居たためその難を免れた。その一二年後、関東大震災の渦中、麹町憲兵隊に拘引され虐殺される。大杉は、精神の自由を謳歌することが、僕にとってもっとも大事な「生の拡充」だ、と言い遺して世を去った。〝大正デモクラシー〟という時代に。日清・日露戦争に勝利し、ますます国家権力が膨張してゆく時期。この頃国家は、アメとムチで社会への弾圧を強める。それを象徴するのが、一九二五年の普通選挙と治安維持法だ。それが、同時に施行された。普選によって一見国民に開かれた政治、社会の様相を呈すが、国家に危険視される人物はことごとく拘束する。このアンビバレントさを衝き、この普選には気をつけるように国民に促したのが、百年先を見通した政治家、後藤新平だ。最晩年の「政治の倫理化」運動で、金権に囚われた政治の腐敗を攻撃しつつ、この二法についても充分留意すべし、と説く。その三年後の春、岡山への遊説途上で三度目の脳溢血に襲われ、その一週間後に他界する。一九二九年四月一三日。

▼この年、世界最初の世界恐慌が起った一八五七年に次ぐ、史上最大の世界恐慌が勃発する。一八五七年当時のマルクス＝エンゲルスの往復書簡を読むと、「マンチェスターはますます深みにはまって行く。……メルク商会は、近日中に倒産するだろうという予想だ。……これからまだ四つの別々の恐慌が来る。……」（エンゲルス。一八五七年一二月一七日付）とあり、日々刻々と英国を中心に世界に拡がってゆく様が描かれている。

▼その八〇年後に生じた現今の世界恐慌は、アメリカに端を発し欧州やアジアに拡大しつつある。米大統領オバマは、就任まもなくこの燎原の火をいかにして消すかが最大の責務と化している。三一日付の新聞報道によると、自動車最大手のGMとクライスラーの各々の再建計画を不十分とし、各々に六〇日、三〇日の見直し猶予を指示し、必要なら各々に破産法を適用する、と明言した。日本国内でも車の生産は対前年同月比で五六％減という最悪の状態を呈している。しかし、政府からこの世界恐慌への抜本的な対策の提言はまだない。長期、中期、短期の政策、方向性を今こそ出すべき時なのだが。（亮）